本当の「自分」を生きる

ひでさん

—人生本番のステージへ—

築城 秀和
TSUIKI Hidekazu

文芸社

目次

はじめに

「うまくいかないのは自分の力がないからだ」

なにが起きても、自分の力のなさを原因とし、自分を責め、不足する能力を身に付けようと努力してきた。何でもできる完璧な人間などいないことを知りながら。

「私はいいから……」

自分を犠牲にし、欲しがらず、受け取らず、人を優先してきた。敢えて、自分を数に入れなかった。本当は、欲しくてたまらなかったのに。

「私にはそんな資格はありません」

褒められたり、認められたりすると、自分がいい気になり、堕落してしまうのではないかと、謙虚に振る舞ってきた。本当は嬉しかったのに。

「～したい」を封印し、「～すべき」で生きてきた。

そういう生き方をカッコいいと思い込み、サムライ気取りで、自分に厳しく生きてきた。

本当は、苦しかった。本当は、休みたかった。本当は、欲しかった。本当は、受け取りたかった。

しかし、それでは「男が廃る」と思っていた。「カッコ悪い」と思っていた。「人がついてこない」と思っていた。そして、何より、「評価」が下がると思っていた。

私はずっと、周りの人からの「評価」が欲しかったのだ。「評価」のために、自分をストイックに演じてきたのだと思う。

しかし、ある時、私はすでに周りの人たちから、十分に評価されていると気が付いた。いや、気づかせてもらった。「自分を認めていい」と言われた。「甘えていい」と言われた。そして、そのことを真に受けてみた。

すると、世界が変わった。目に見えるもの、手に触れるもの、そのすべてが新鮮に感じられるようになった。そして、周りに人が増えた。今まで、遠巻きに私を見ていた人たちが、近くに来てくれるようになった。

そして、私は〝ひでさん〟になった。

「自分のような人がこの世の中にはたくさんいるはずだ。そんな人たちにも、今の自分のような心持ちで生きてほしい。そうなったら、いい世の中になっていくだろう」。そんな思いで、「武士道」を語り始めたひでさんだった。

一人でも多くの方にこの本を手にしていただき、本当の「自分」を生きることの心地よさと大切さを感じていただければ、私、ひでさんはこの上なく幸せです。

「ひでさん」こと、築城秀和

私の履歴　ひでさん

ひでさん誕生　「期待に応えるぞ!」

立場に生きる

「お前は何と言って生まれてきたのか?」
そう問われたとしたら、ひでさんは即座にこう答える。
「両親の期待に応えるぞ」

一九六一年、愛知県一宮市で杉戸株式会社として毛織物業を営んでいた築城家の二男として生まれたひでさんには、二男ながらも跡継ぎとしての大きな期待が寄せられていた。なぜならば、長男である五つ上の兄が生まれつき不治の病に冒されていたからだ。生まれた時から、いや生まれる前から「築城家の跡取りだ」と繰り返し、繰り返し耳元でつぶやかれてきた。周りの期待に応えようとする「立場に生きる」生き方は、すでにこの時から始まっていたに違いない。

五歳の時、兄が亡くなった。両親をはじめ、親戚中が嗚咽して涙を流す中、チビひでさん一人が喜んでいた。

「このひざもあのひざも全部ぼくのひざだよね。今日からどのひざに座ってもいいんだよね」

何不自由なく育てられてきたひでさんだったが、甘えることだけは許されなかったのだ。いや、許されないと思い込んでいた。いい子でいることが、両親に認めてもらえる唯一の方法だったのだ。

知らぬが仏

カッコつけで、目立ちたがり屋のチビひでさんは、小学生。父がつけた「ビチ」という愛称で呼ぶ人も少なくなかった。いつも、にぎやかな輪の中にいて、ついつい調子に乗って、騒ぎ過ぎ、先生にこっぴどく叱られることもしばしば。随分、先生方にはご迷惑をおかけした。しかし、心のどこかで（先生には心底嫌われていない。むしろ、好かれている）と思っていた。

成績は上の下。スポーツが得意で、お茶目で人気者だった。そして、七つ上の姉の影響で芸能界通、恋愛通。とてもませた子どもだった。

小学校三年の時に、父が経営する毛織物製造の会社で大きな焦げ付きが発生。当時、新聞にも載るほどの大きな取引先の倒産だった。しかし、父が会社を潰すわけがないと信じ切っていたので、そのまま中学まで絶好調で進んでいく。しかし、父の会社の状態は、かなりギリギリだったようだ。

父の迫力

小、中学生時代のひでさんは、ダントツではないがまずまず女の子にもてた。何人かの告白も頂戴したと記憶している。小学校では野球、中学校での部活はサッカー。特に、中学生時代のサッカー部は、男っぽい一体感のあるいいチームだった。

そして、中学三年になって、高校入試の受験モードへ突入。三年になってから、今でも付き合いのある遊び上手な仲間たちと知り合い、勉強が疎かになった。すると、そこまでキープしてきた成績が見事に下がり始めた。

学校での三者面談。担任の先生が切り出す。

「受験する高校をワンランク下げてはどうか」

その担任の言葉に父が間髪容れずこう返す。

「絶対に下げさせません。志望校を受けさせます。そして、滑り止めの私立高校は場馴れのために受けさせますが、受かっても入学金は払いません。行かせるつもりがないからです」

この言葉に、担任の先生は苦笑いを浮かべながら、「お父さん、それは危険です。私立高校の入学金は払ってください。そうしないと、万一希望される公立高校を不合格になった場合、高校へ行けなくなりますよ」と。

「構いません。自分が決めた高校へも行けない子に何ができますか。そんな者が妥協して進学しても何もモノにできない。だったら、人より早く就職した方がいい」と父。

この迫力に、担任の先生は黙るしかなかった。しかし、そんな父を誇らしく思うひでさんがそこにいた。

父の思惑

そして、その父の言葉で志望校を受験。見事合格。後に、父本人から聞いた話だが、父はひでさんより先に合格発表会場へ行き、合格を確かめ、乗っていった自分の車をぼこぼこ殴りつけるほど喜んでくれたらしい。そして、もう一つ、これも後日知ったことだが、父はその学校に思い入れがあったわけではなかったとのこと。受験という機会に、ひでさんにプレッシャーのかかる勝負を経験させたかったらしい。しかも、私立高校の入学金もこっそり払ってくれていた。

そういえば、父は常々言っていた。「勝負強い男になれ」と。そして、ひでさんは、父の思惑通り、この合格で何となくではあるが、「自分は勝負強いのかも」という自信を付けることができたのだった。

「もう駄目だ。寝る」

高校時代は、帰宅部。毎日学校帰りは友人たちとたむろして、ギターを弾いて歌っていた。その頃の流行は、主にフォークソング。アコースティックギター片手に、シンガーソングライターを気取って作詞作曲を始めた。

高校一年の時、父の経営する会社がまた倒産の危機に。この時の家業は、五月人形の製造業。端午の節句用の鎧兜を作る仕事だ。ひでさんが、高校へ入った頃、それまで営んできた毛織物業の業績が思わしくなく、今後の見通しもつかないことから、父は新規事業を模索していた。そんな時、ひょんなことから五月人形の製造という仕事と出合い、全く毛織物業とは関連はなかったが、思い切って業種転換をしていた。

さすがにこの時ばかりは、父も観念したようだった。毎日のように金策に走り回っていたのか、毎晩遅くに帰宅しては一人で酒を煽り、黙して語らぬ日々が続いた。そして、ある夜、帰ってくるなりタバコに火をつけこう言った。

「ここまでがんばってきたが、もう駄目だ。寝る」

そう言って、恐らく眠れないであろう床に就いた。

救世主　F常務

しかし、数日後、父の顔に笑顔が戻る。

「Fさんが助けてくれた」

公私共に仲良くしていたメインバンクのF常務に助けられたのだ。普通なら受けられそうにない新たな融資が、F常務のおかげで受けられることになったのだ。

かくして、父の経営する会社は何とか命をつないだ。そして、このF常務には、父亡き後、ひでさんが大いに助けられることになる。

思想を生んだ受験失敗

高校三年の時、姉が結婚した。相手は、ひでさんが思い描いていたような器の大きな男らしい人だった。のちに、この義兄にも大ピンチで助けられる。

そして、大学受験。四校受けて第四希望の大学にのみ合格。

（俺、頭悪いんじゃないか?）

心底そう思った。そして、情けなくて男泣きに泣けた。

しかし、よく考えれば、頭が悪いわけではなかった。勉強しなかっただけ。後にそのことに気付く。そして、この時の反省が、「地道に積み上げる」という今のひでさんの思想を生んだ。

ひでさんは勝負強い

しかし、大学受験は、これでは終わらなかった。

「お前の友達は受験が終わって、皆遊んでいるだろう。人が遊んでいる時にがんばるのはつらい。だから、お前はこれから勉強して、今からでも受けられる大学を受験しなさい。たった一か月だ。それならがんばれるだろう。そのがんばりが将来のお前を作る」

父の一言で二次募集をしている大学の受験に挑戦。当時の担任の先生に「かなり難しい。まず受からない」と言われていた。しかし、実際に受験してみたら、二校を受験し、二校共に合格。担任に報告すると担任は喜ぶ前に絶句していた。

父が高校受験の時に言っていた「勝負強くなれ」という言葉、それをこの大学受験の時にも思い出していた。そして、「自分は勝負強い」とこの時、確信に近いものを得た。

プロの道を断念、そして、ビジョンへとつながる

大学二年の時、高校時代の同級生たちと組んでいたバンドで、ラジオ放送局の主催する音楽コンテストに応募した。ひでさんの担当はサイドギターとボーカル。その予選で、局のプロデューサーより、「十万人に一人の逸材」と言われ、自分の才能に驚いた。どこかで信じていた才能。そして、どこかで疑っていた才能。その才能がプロに認められたのだ。

「全国大会にも行ける」

そう言われて、その気になり、調子に乗って歌い過ぎた大会前の練習。喉を潰し、中部大会で特別賞を受賞するも落選。期待をかけてくれていたプロデューサーと舞台裏ですれ違う。

「並のボーカルになったな」

これが、このプロデューサーが掛けてくれた最後の言葉になった。

悔しくて、悔しくて、悲しくて、悲しくて、男泣きに泣けた。しかし、治療するも、全盛期の声は二度と戻らなかった。それからしばらくは、自分の歌声を聞くのが嫌で歌うことをやめていた。

プロの道を諦めてちょうど一年、大学四年の夏、同じメンバーで最後のステージに立っ

た。思い通りの声が出ないもどかしさを忘れるほど、乗りに乗った。そして、燃え尽きた。小さな舞台ではあったが、一体感のある最高のステージ。この時の体験が後のビジョンにつながる。

ひでさん　修行に出る

父の顔は潰せない！

「音楽のプロになる。しかし、大学四年間で芽が出なければ、父の商売を継ぐ」

そう公言していたひでさん。大学卒業後の進路のすべてを父に預けた。

父の決めた修行先は当社のお得意様である玩具問屋だった。当社は節句業界に属しているのに、父は敢えて玩具問屋を選んだ。

「節句は年に一度の商売なのでのんびりしている。しかし、玩具は商品の旬が短い。のんびりとはしていられない」という理由で。

（お得意さまへの就職。父の顔はつぶせない。人の倍働く！）

そう決めて、父の推すこの玩具問屋に入社した。

後日分かったことだが、父がこの玩具問屋を選んだ理由がもう一つあった。

「自分の息子の修行先に仕入れ先を選ぶ人が多い。それは自分が客の立場だから頼み易いからだ。しかし、それでは修行にならない。仕入れ先は、顧客の社長の息子に厳しくするわけがない。だから、俺は頼みにくかったが敢えて顧客の会社にお願いをした。しかも、違う業界に属しているので、うちとの取引はほんの一部、うちに対して遠慮がないだろうから」と。

父らしい論理に敬服した。

安堵、また不安

さすが父が見初めた会社だ。きつい。労働時間も長く、休みも少ない。おまけに休日出勤もある。

頼まれたら残業も休日出勤も断らない。そう決めていた。

だから、先輩たちは困るとひでさんに声を掛けてくる。人一倍働いた。真夏に風呂に入れない日もあった。疲れ果てて倉庫の中で座り込み、立てなくなることもあった。風邪をひいて三十九度の熱があっても出勤した。そして、修行期間三年と五か月。母の病が発覚し、修行を切り上げることになった。

ひでさんの退職が決まった時、「築城（ひでさんのこと）の後は三人付けてくれ」と直属の上司が幹部に泣きついていたことを聞いて、（父の顔を潰すことはなかった）と安堵した。

こんなところにも「立場に生きる」生き方が垣間見える。と同時に、

（こんなに働いても一人前の社会人になったような自覚はない。どうしたら一人前になれるのだろう）
そんなことを来る日も来る日も考えるようになっていた。

成長の必須条件

この頃のひでさんの滑稽さは、「一人前になる」ことばかり考えていて、そもそも一人前になるとはどういうことなのかを定義していなかったことだ。しかし、ひでさんは考え続けた。（どうしたら一人前になれるのか？）と。そこで出した答えは苦労することだった。

七つ上の姉がいた影響で、幼少の頃からテレビの青春ドラマを一緒に観ていた。それは、幼いひでさんに影響を与えるのに十分なインパクトがあった。

青春ドラマの展開はいつも同じ。挫折→努力→成果→成長。その青春ドラマの影響で、ひでさんの脳にしっかりと刻み込まれたのは、「苦労なくして成長なし」「ドラマなくして成長なし」という公式だった。

この二つの公式は、この後二十年以上もの間、ひでさんを苦しめ、一方で成長させてくれることになる。そして、この二つの公式はひでさんの成長と共に進化し続け、「苦労しない人は成長してはいけない」「ドラマのない人は成長してはいけない」と形を変えていく。かくして苦労とドラマはひでさんの中で成長の必須条件となった。

ひでさん　実家に帰る

一番起きてほしくないこと

　すると、今度は「どうすれば自分が苦労できるのか」「ドラマが作れるのか」と苦労探しとドラマ作りが始まる。ところが、そうそう自分の周りに苦労やドラマティックな出来事なんてあるものではない。なぜならば、跡継ぎとして守られている人生なのだから。

　父の会社に戻るも人員は充分足りているので特にやることはない。毎日、工場で鎧兜組み立ての下仕事と運搬作業を繰り返す毎日。そこには、苦労もドラマもない。これではいつまで経っても自分は成長できない。いつしかとても焦りを感じるようになっていた。

　そして、自問した。

「今、お前が一番起きてほしくないことは何か」

　起きてほしくないこと＝苦労とドラマと考えたのだ。

　その究極の答えは、社長である父が亡くなることだった。父が亡くなれば、ひでさんは若くして事業継承をすることになり、大変な苦労を背負うことになる。それだけでドラマになる。

そんな良からぬ想像を抱き始めた頃、徐々に母の病状が悪化する。

縁談　もう一人の自分

「早く結婚しないとね」

修行から帰ったひでさんに対する母の口癖。一日に何度も言われることもあった。母は、進行することはあっても治ることのない病に侵されていた。それもあり、ひでさんも母のために早く身を固めたいと思っていた。

そんな時、母の親友から縁談の話が持ち込まれた。母も母の親友も、とても乗り気だった。母の病のこともあり、父も姉も義兄も皆、「良い話だ」と口をそろえた。

「結婚なんてこんなものだ。本当に愛し合って結婚する人なんてごく僅か。生活のために、商売のために、親のためにするのが結婚。この結婚が決まれば、皆喜ぶ。特に母を安心させられる」と自分に言い聞かせ、まるで他人事のように結婚に向かって進んでいった。

しかし、心のどこかで（これでいいのか？　お前は好きでもない人と結婚するのか？）という違和感を持っている自分にも気づいていた。

破談、そして決意

彼女と付き合いだしてすぐに、母の容体が悪化。三度目の入院の末、他界。

この現実に呆然。人の命は永遠ではないと知ってはいたが、それはただの知識でしかなかった。

ただただ泣けた。父もその日から酒量が増え、妙に明るく元気に振る舞うようになった。その明るさと元気さがひでさんには何となく悲しく映っていた。そして、どちらかというとおおらかで前向きな父が、飲んでは時々世を恨むようなことを言うようになった。その姿に、言葉にはできない父の寂しさを見たような気がした。男は伴侶を失うと弱い。

母の死後、「母も望んでくれているであろう」と、双方の家族の見解が一致し、すぐに結納。周りの皆が、心から喜んでくれた。しかし、一方で「このまま進んでいっていいのか?」と自問するひでさんが居た。日に日に後者の気持ちが強くなる。

悩みに悩んだ末、意を決し父に伝えた。

「破談にしたい」

父は、ほとんど表情を変えずに「そうか」とだけ言い、今後のことについての相談が始まった。父のその冷静な態度に触れ、かえって胸を締め付けられるような気がした。

相手を傷つけた。縁談を持ってきてくれた母の友人にも多大な迷惑を掛けた。そして、父にも恥をかかせ、頭を下げさせた。自分の気持ちにふたをし、周りが喜んでくれたらと、この縁談をここまで引っ張ってしまったことを後悔。情けない。許せない。自分を責めた。そして、自分を責めると同時に、（こんなに苦しい思いをしたのだから、もうひでさんは自分が心から好きになり、納得した人としか結婚しない。絶対に妥協はしない）と心に決めた。

お見合い開始

「今は仕事より、嫁さん優先だ」

この頃の父の口癖だった。父自ら、仲人さんを探し、話を進めてくれていた。そんな時、ひでさんと同じように二十代でお父さんを亡くされた取引先の先輩経営者から見合いについてアドバイスをもらう。「お見合いは十人までで決めるといい。それ以上になると、何が良くて何が良くないのか、分からなくなる」と。その先輩経営者は、なんと三十人以上の方とお見合いしたそうだ。

そして、ひでさんのお見合いが始まった。あっという間にお会いした女性は九人を数えた。

（次が十人目。ここで決まらないとわけが分からなくなるのか……）

そう思う間もなく、十回目のお見合いが決まった。

仲人さんのご自宅で、双方片親を同伴に顔合わせ、その後二人でお茶をして、自宅まで送った。好感を持ったので、次のデートの約束を取り付けて。その後、二度ほどデートを重ねた後、「先方より、お断りの連絡が入りました」と仲人さんから連絡が入った。

父との嫁取り作戦

「信じられない」

断られたことを父から聞いた時のひでさんの第一声だ。

全く嫌われている感覚はなかった。むしろ話は合うし、好かれていると感じていた。次のデートの約束もしていた。

「親の考えだな」と父。父も何か彼女に感じるものがあったのだろう。

「あの子がいいか？」と聞いてきた。

「うん」と答えるひでさん。

ここから、父との嫁取り作戦が始まった。

その彼女は、日本でも有数の有名企業に勤めていたＯＬ。たまたま、ひでさんの叔父であり父の弟は、何とその会社の系列企業の取締役をしていた。しかも、彼女の所属していた部署は、数年前までその叔父が部長をしていた部署。

早速、父はひでさんの目の前で叔父に連絡。叔父曰く、「分かった。今の部長は私の元部下。彼を通して話を聞いてみる。要は、秀和（ひでさん）を好いているのかどうかを確かめればいいいんだろ」。

この時ほど、叔父を頼もしく思ったことはない。

そして、姉の義母は、彼女の自宅がある当時の尾西市（現在は一宮市と合併）で、中学の教師を長年務め、その後、同地区で泣く子も黙る婦人会会長を務めていた。その地区の既婚女性で、義母の存在を知らない人はいないと言われたくらい存在感のある方だった。

父は、続いて義母にも連絡。義母も二つ返事。

「あのご家庭ならよく存じ上げています。なぜなら、その子のお姉さん、つまり長女は私の教え子ですから。お母様もよく存じ上げております。秀和さんのためなら、私から一言も二言も言わせていただきます」

父はこの二本の電話を終えて、したり顔。気づくとひでさんは父と笑顔で握手していた。この瞬間、二人が親子という関係を超え、男同士の対等感を持ったような気がした。

捨てる神あれば拾う神あり

ドラマの始まり

かくして、ここからはとんとん拍子、結婚に向かって日々順調に時が流れていくかに見えた。結納も終わり、結婚式まであと二週間と迫ったある夜、デートから帰ると居間の机の上に父の置き手紙。

「ついに俺にも禁酒命令が出た。病院で検査をしてくる」

父はいつものように、自室でいびきをかいて眠っている。ひでさんはその走り書きを見て、言うに言われぬ不安を覚えた。

翌日、父は自分で運転をして病院へ。その父から電話が入る。

「検査入院になったからしばらく帰れない。心配するな、検査入院だから」

その日の午後、今度は病院から電話が入る。

「お父様の病気のことで、院長が息子さんと話をしたいと言っている」

取るものもとりあえず、病院へ。病院の駐車場にバックで駐車。ブレーキを踏んで停めた瞬間に、なぜかコロリとシフトレバーのヘッドがもげた。こんなことがあるのか。しかもこのタイミングで……。

（神様、この車はもう必要ない。父の車に乗って帰れということですか？）

この瞬間に、世に言う「嫌な予感」というようなレベルを優に超えた予感を体中に覚えた。

（本当にドラマが始まる）

体中が震え、この先起きるだろう展開が嫌でも想像できた。

院長室へ。すると、院長はすぐに本題へ。

「肝臓全体が癌で蝕まれています。ここまでくると治療はできません。今亡くなってもおかしくない状態です」

短い時間ですべてを悟ることができる十分な説明だった。

その時が来た

親戚、婚約者のご両親、修行時代お世話になった社長、仲人さんへの報告と相談、打ち合わせ、これ以外何もできなかった。

ただ、父が亡くなっても結婚式は挙行する。そして、何があっても自分と会社をバックアップしてくれる。この二点だけは有り難いことに、全員の方々からお約束いただいた。

そして、入院から一週間、ついにその時は来た。

院長に呼ばれた時から覚悟はしていたが、自分が一番恐れていたことが起きた。姉とひでさん、ひでさんの婚約者、父の兄弟が見守る中、父は息を引き取った。

ひでさん二十七歳。食事も喉を通らない。まずは、通夜と告別式。そして、一週間後には自分の結婚式が控えていた。一か月後には、自社の年に一度の一大イベント、新作展示会が控えていた。しかし、その間も商売は止まらない。手形決済もあれば、支払いも回収も商談もある。そのほとんどが初体験。安心できる要素は一つもなかった。

（下手なドラマでもこんな展開にはならないだろう）

ドラマティックに生きようとしたひでさんですら、そう思うドラマが始まった。

次なるドラマ

父の葬儀を終え、今度は結婚式、もちろん新婚旅行などに行く余裕は、時間的にも心理的にもない。

ひでさんの不安を察して、義兄が一週間ほど、自分の仕事を休んでうちの会社に通ってくれた。一緒に金融機関への挨拶に行ってくれたり、当面の不安材料をあぶり出し、対策を練ってくれたりした。

そんな中でも、容赦なく問題は起こる。

仕入れ先が「信用できないので、御社の手形を現金にしてくれ」と言ってくる。

販売先が「発注しても納入されないと困るので、お宅には発注ができない」と言ってくる。

古株の番頭が「私のボーナスの金額は、前社長との特別なルールの下で決められていた」と言ってくる。

とにかく毎日いろんなことが起こる。そのすべてがひでさんにとっては未知のことであり、予測もできないこと。毎日が壮絶なモグラたたきとなった。

（明日はどんなモグラが出てくるのだろう……）

そう考えると夜も眠れなかった。

F常務の恩返し

そんな時、以前父の最大のピンチを救ってくれたメインバンクのF常務から電話が入る。

「一度話をしよう」

うれしかった。ただこれだけのことで、すごく救われたような気がした。

そして、約束の日時に本部の常務室を訪ねた。

第一声は、

「大変なことになったね。でも、大丈夫。お宅の会社のことは私が全部把握しているから。私はあなたのお父さんに足を向けては寝られない。それくらいお世話になったから」

F常務が神様に見えた。

それから延々三時間、当社とその銀行とのお付き合いの歴史や経緯、現状をお聞かせいただき、今後のトップとしての心構えや考え方までご教示いただいた。

そして、最後に「これからもしばらくは、いろんな人が御社の状況を探りに来るだろう。その対応は若い君では大変だ。だから、これを渡してくれればいい」と言って、自分の名刺を箱ごとひでさんの前に置いた。

そして、F常務は続けた。

「全部私に振ってくれればいい。すべて私が対応するから。あなたの会社のことは、あなたより私の方がよく知っている。これは、私の恩返しだ」

涙が出るほどうれしかった。

(メインバンクの常務がここまでしてくれるとは……)

この時、改めて、父の偉大さを知った。

拾う神

Ｆ常務が支援を約束してくださったおかげで、勇気が湧いた。そのおかげで、当社の売上の三割近くを握る節句問屋の社長との二度目の商談に勇気をもって臨むことができた。長年続けてきてくださった資金援助を、ひでさんが社長になっても継続していただくお願いだ。

実は、最初の商談ではかなり渋られていた。

「担保はあるか？」「援助しているのはうちだけか？」「うちのメリットは？」と答えに窮する質問をいくつも投げ掛けられていた。

しかし、この日はあっさり「今まで通りやろう」と言ってくださった。切り札であるＦ常務のバックアップの話もしていないのに。

「どういう風の吹き回しだろう？」「何かあったのか？」と勘繰っていると、先方の社長は続けた。

「私にもあなたより少し上の息子がいる。いつ逆の立場になるか分からないから。うちの息子が困ったら助けてやってくれよ」と。

うれしかった。ほっとした。

そして、同時に（この社長のことは何があっても裏切れない。ひでさんの第二の父親として大事にしよう）そう誓った。

実は、この直前にも同じような場面があった。それは、当社が仕入れの約三割を依存している商社とのやり取りの時だった。

直前、義兄はこの商社の担保設定条件を見て、「金融機関より厳しい相手」との見方を示していた。葬儀後、日を空けずに、まずは金融機関各社に挨拶回り、そして、次に大切なのは仕入れ先だろうと、まずは大手仕入れ先の商社に行くことになった。

先方の事務所に通され、担当課長を待つひでさんの手は震えていた。そして、何度も今から伝えなければならないセリフを心の中で繰り返していた。

課長が入室。なんと今日は部長も一緒だ。まずは、葬儀に来ていただいたお礼を伝えた。お二人からも改めてお悔やみの言葉をいただいた。そして、ひでさんは切り出した。

「今まで通りのお付き合いをお願い致します」

すると課長は、優しい笑みを浮かべながら、「こちらこそよろしくお願いします」と。

この瞬間、ほっとして目頭が熱くなった。課長はさらに続けた。

「実は、社長がおみえになる前に、弊社の社長に会ってきました。うちの社長はこう言いました。『三年は、今まで通り黙ってお付き合いしなさい』と。ここからは私の推測です。うちの社長にも息子さんがいらっしゃいます。いずれ弊社に入社するでしょう。社長と息子さんの姿が重なったんじゃないでしょうか。うちの社長、今回は、今まで何か起きた時の対応とはちょっと違うと感じましたので」

さらに、部長がこう言われた。

「社長のお父さんはすごい人だった。うちに担保として、ご自分の生命保険証券を持ってみえた。あんな人は初めてだ。だから、『命を懸けて商売をしている』というお父さんの言葉には説得力があった。もちろん、その話はうちの社長も知っていますよ」

（親父らしい）

ひでさんはそう思った。そして、課長の推測かも知れない先方の社長の心がうれしかった。「これが子を思う親の心か」と。

「捨てる神あれば拾う神あり」とはよく言ったものだ。父が亡くなり、手を差し伸べてくれる人、逆に手のひらを返す人。父の死で、ひでさんは嫌でも「人」を知ることになった。

心身共に、公私共に、不健康

前代未聞の披露宴

静まり返る会場、異様な空気に包まれた。ひでさんの結婚披露宴の仲人さんの挨拶は異例中の異例、なんと「黙祷」から始まった。

仲人は、取引先の社長。過去、業界の結婚式の仲人を数多く引き受けられてきた方だ。「私は今まで多くの仲人を引き受けてきたが、さすがにこんな披露宴は初めてだ。どう挨拶していいものか」

式の直前まで悩んでみえた。

来賓の方の挨拶、乾杯、スピーチ、余興……皆さん、何となく歯切れがよくない。無理もない。新郎の父の葬儀から一週間後の結婚披露宴なのだから。

来賓の方々をはじめ、出席くださっている方々、そしてすべての親戚筋の皆さんは、ほとんど葬儀に出ていただいた方々。一週間前は、お悔やみの言葉をいただいた方々に、今度はお祝いの言葉をいただく。そして、一週間前には香典をいただいた方々に、今度はご祝儀をいただく。ひでさんはもちろん、皆が皆、未経験の体験をしているのだ。

酒の入った叔父から声が掛かる。

「秀和、暗い顔をするな！　今日はお祝いの席だ。笑え！」

その声に、会場から笑いが起き、ひでさんも一瞬笑顔になるが、またもとの暗い顔に戻る。新郎のひでさんが、無理にでも、笑顔で居続けていれば、少しは会場の空気を変えられたのかも知れない。しかし、当時弱冠二十七歳のひでさんには、分かっていてもそれができなかった。かくして、前代未聞の祝いきれない、心からの笑顔のない結婚披露宴は幕を閉じた。

不安とストレス

新婚生活を楽しむ気にもなれず、その時間もなく、ひでさんの「モグラたたき」は続いた。一日のうち、仕事に直接携わる時間は、十四時間を超えていたと思う。それ以外の時間も、常に仕事のことが頭から離れることはない。もちろん、休日にも休むことはなかった。というより、休むことが怖かった。休むと何か良からぬことが起きそうな気がするのだ。仕事をしていないと、不安になる。頭痛がしてくる。仕事をして「俺はこんなにがんばっているんだ」と不安を打ち消し、気を紛らわせる。そんな毎日だった。

休日の朝は決まって体中が痛む。全身に痛みが走り、眠いのに早朝より目が覚める。仕方なく床から出て、身支度をし、仕事に向かうと痛みが消える。最初は偶然かと思ったが、週末になると必ず同じ症状が出るので、心配になり病院で検査。異常なし。結局、不安とストレスで極度の緊張が続いていることで全身に筋肉痛が起きているようだ。あろうことか、眠っている時も緊張しているのだろう。心と体はつながっている。心がやられると体までやられる。

「この先、私の心と体はどうなってしまうのだろう?」

全身筋肉痛になるほどの不安とストレスを抱えているのに、また新たな心身の不安がひでさんを襲った。

出会い　天に感謝

ひでさんもつらかったが、恐らく当時二十五歳だった新婚の妻はもっとつらかったに違いない。初めて住む家、住まいとハッキリとした境界のない事務所、店舗、工場、そこには見知らぬ従業員の人たちが働いている。その中で彼女が一番若い。慣れない家業の手伝い、主婦業、従業員たちとの関係づくり、新しい親戚の人たちとの付き合い、近所の方々とのお付き合い、父の葬儀、自分たちの結婚式の後処理……。嫌でも周りの人から注目される環境の中で、彼女こそ何から手を付けていいのか分からなかったと思う。まさに、有名企業のOLという天国から急転直下、地獄にでも落ちたような気分であったであろう。きっと、（なぜ私はこの人と結婚したのだろう？）そう何度も自分に問いかけたに違いない。

しかし、ひでさんに対しては、一度も後ろ向きの発言をすることはなかった。むしろ、前向きな発言で、いつもひでさんを勇気づけてくれていた。（もし、妻が彼女でなかったら）と考えると恐ろしくなる。そして、もし、父の他界と結婚が同時期でなかったら、ひでさんは一人で不安を抱き、悩み、苦しみ、心折れていたのではないかと思う。

妻は本当によく耐えてくれた。今となっては感謝しかない。しかし、恥ずかしながら、当時のひでさんには、彼女を気遣ってあげるだけの余裕はなかった。残念ながら、日々のモグラたたきでくたくたになっていたのだ。

また、妻のご両親にも心から感謝している。父が余命幾ばくもなく、ひでさんが何の準備もなく家業を継承することになると分かったうえで結婚を許してくださったのだから。

中でも、父の葬儀が終わった当日の夜のことは忘れられない。思いがけず、義父が妻と経を上げに来てくれた。経が終わりしばらくすると、義父は立ち上がり玄関に向かった。「トイレかな」と思っていたら、「おやすみ」と義父の声。そして、戸の閉まる音。二人で顔を見合わせる。妻もきょとんとしている。一週間後に挙式を控えた妻をひでさん宅に黙って残していったのだ。「今夜からこの家で一人だな」と思っていたひでさんには、この義父の粋な計らいが、涙が出るほどうれしかった。

今更ながら、この妻と、このご両親と出会わせてくれた天に感謝する。

決断　二つの決算書

父が亡くなったのは、五月十九日。当社の決算は四月末日。したがって、父はこの期を最後まで見届けた。そして、決算はひでさんが組むことになった。

顧問税理士から決算書ができたとの連絡が入り、面談。そこで衝撃の事実を知ることになった。父が粉飾決算をしていたのだ。しかし、さすがに父らしいと思ったのは、しっかりと正しい数字を把握したうえで、対金融機関用の決算書を作成していたことだった。粉飾決算の怖いところは、粉飾を繰り返しているうちに、自社の本当の姿が見えなくなってしまうこと。そういう例は多いと聞くが、父はその道を歩んではいなかった。

人形製造事業が軌道に乗り出したのが、ここ三年ほど。それまでは焦げ付きもあり、中身は火の車だったようだ。したがって、融資を受け易いような決算書を作っていたのだ。粉飾決算などは、経営の世界ではよくある話。顧問税理士の話を聞きながら、最初は楽観していた。しかし、顧問税理士からこう問われた。

「金融機関に正しい決算書を出しますか？　それとも、粉飾した決算書を出しますか？」

決断を迫られ、血の気が引いた。正しい決算書を出せば、昨年まで出していた決算書との整合性が取れず、粉飾していたことが明るみに出てしまう。粉飾していたことが分かれば、取引停止の可能性が高い。しかし、粉飾した決算書を出せば、正しい数字に戻せるまでは長い年月が掛かるだろう。そして、ひでさんのような新米経営者では、きっとうまい粉飾ができず、すぐに露見するだろう。

そして、ひでさんは意を決する。

「正しい決算書を出す」と。

粉飾した決算書を出せば、うまくいったとしても長い年月の間、金融機関をだますことになる。まして、尻尾を出せば、問い詰められる可能性もある。そのプレッシャーには耐えられそうにない。そして、何より、「嘘をつく」自分が許せない。まして、親子二代で嘘をつき続けることが。

正しい決算書を出せば、取引停止の可能性もある。しかし、父が粉飾をしていたのは事実。事実を認め、受け入れるだけ。父の犯した罪ならば潔く受け入れよう。もし、運よくお咎めがなければ、何も後ろめたいことはなく、スッキリと前に進める。葬式直後、各金融機関にあいさつに回った時、すべての金融機関が「バックアップ」を約束してくれた。その気持ちに応えるためにも、正しい決算書を出そうと。但し、父が粉飾した決算書を提出していることは知らなかったことにして、何食わぬ顔で提出をすることにした。

血相を変えてすっ飛んできた支店長もあった。しかし、結果、この決断は見事に功を奏した。すべての金融機関が「粉飾をしたのは前社長。現社長には何の罪もない」という見解を示してくれたのだ。そして、この決断により「正直な社長」という印象を与えることができた。また、後に、この経験が自分の人生理念の礎となる。

ちなみに、父は、メインバンクと前出の主要仕入れ先の商社にだけは、正しい決算書を出していたようだ。大切な相手にだけは嘘をついていなかった。その事実を知り、また父に対する尊敬の念が湧いてきた。

準備がいい

「相当来るよ。覚悟しておいた方がいい」と顧問税理士の先生。

ひでさんに対する相続税のことだ。「会社のことばかりではなく、個人的なことも次々に出てくるな……。公私共にモグラたたきか」と嫌気がさす。しかし、こんな時、しばらくすると必ずもう一人の自分が出てきて、「これくらいのことで心が折れているようでは、経営者なんてとても務まらない。嫌ならやめてしまえ！」と叱咤する。自分の心をもう一人の自分が必死で支えている。

「人って、偉いものだ」と自分で自分に感じ入る。

そんな会話をしたことも忘れた頃、税理士さんから連絡があり、面談。「相続税はゼロだった」と言われ、まずはほっとした。税理士さん曰く、「お父さんには多額の借金があった。だから、財産があってもその借金と相殺されて相続税の対象にならなかった」と。「借金?」とひでさん。税理士さんは続けた。

「自分の会社から借りていたんだよ。借金の相手が自分の会社だから、誰も『返せ』とは言わないわけだ」

そういえば、ここ数年父がよくこんなことを言っていた。「心配するな。相続には手が打ってあるから」と。「さすが親父! 準備がいい」と敬服。

そう、父はいつも準備がいいのだ。例えば、生前、すでに自分の戒名を決めて、結婚前の妻に伝えていたりもした。

税理士さんも同じく、「常に、先を見ている人だった。会社の利益が出ない。資金繰りが苦しいと言っている時に、すでに相続対策もしていたのだから」と。そして、「自分が死んだ後の準備ばかりしているから、早くお迎えが来ちゃったのかな」とも。

その後、父に関するいくつかのエピソードも聞かせてくれた。実は、この税理士さんと父は、高校時代の同級生、旧知の仲だったのだ。うれしそうに、父との思い出を語ってくれたそのひと時は、モグラたたきの続くひでさんにとって、束の間の楽しい時間となった。

利益の圧縮

そして、モグラたたきの毎日ではあったが、なんとか大過なく一年という時が過ぎ、ひでさんが社長になって初めての決算を迎える。

売上も順調に伸び、過去最高の利益が出たこともあり、「父が亡くなっても行けるかも」というあまり根拠のない手応えを持った。しかし、一方で、ひでさんには気になることが二つあった。

一つは、利益が出たのになぜか手元にキャッシュが無いこと。したがって、借入をしないと納税できない事態になっていた。「利益とキャッシュは同じではないのか？」と素人のような疑問を持ち、税理士さんに原因を尋ねるが、何度説明を聞いても腑に落ちない。全く経営の知識がないからだ。しかし、原因が分かったところで税金が免除されるわけではない。だから、まずはこの局面を打開することを優先した。

元々まじめなひでさんもさすがに納税のために借り入れをするほど馬鹿まじめではない。そこで、せっかく昨年、父の粉飾決算を修正し、正しい決算書を作成したのに、今度はひでさんが粉飾決算をすることになった。在庫を減らして、利益を圧縮するためだ。こうして数千万円の利益を消した。

調子に乗って

そして、もう一つの懸念は、年間通しての売上は過去最高ではあったが、後半の受注に勢いがなく、尻すぼみの感がぬぐえなかったことだ。

（ひょっとして、うちの商品は末端の小売店で今一つ売れ行きが悪かったのか？）

一瞬そう疑うが、そう考えることが怖くて、都合の良い捉え方をする。

（たまたまだろう）と。

しかし、これこそが、後々までひでさんが来期の業績を測る上での判断基準となった。そういう意味では、この失敗から学んだことは大きいと言える。

後半二か月の受注が多ければ、翌期の受注はスタート好調に、後半二か月の受注に陰りが見えれば、翌期の受注はスタート不調になるという原則。この判断基準で、仕入れと生産計画を調整する。

後々、この独自の原則はおもしろいほど当たり、当社のキャッシュフローを整え、そして、当社の好業績を支えることとなる。

しかし、この時はまだ、そんな原則などひでさんは知る由もない。売上過去最高という結果だけを見て、都合の良い判断をし、調子に乗って翌期に向かったのだった。

長男誕生　家族より仕事

何もかもが手さぐりの日々。一日を無事終えるのが精いっぱい。そんな生活の中、結婚から一年二か月後、長男が誕生する。

喜びもあったが、素直に我が子の誕生を喜べない複雑な気持ちでもあった。なぜならば、まだ社長としてこの会社をやっていく自信もなかったし、心の余裕もなかったからだ。そして、ひでさんが社長になってからも売上は伸びてはいたが、何となく勢いがなくなってきていることを感じていたからだ。

出産後、妻は長男と共に実家に帰っていた。ある休日の朝、義母からの電話で起こされた。「娘が出血した」と。近くの病院で手当てをし、入院することとなった。医師からは「あと数分遅れたら命が危うかった」と告げられ、事の重大さに気づいていなかった自分にぞっとした。

と同時に、「またドラマか。こんなことの繰り返しがいつまで続くのだろう。神様は一体どこまで私に試練を与えるのだろう?」と、また将来が不安になった。

その日から、しばらく毎日病院へ通う日々。元気になった妻が、うれしそうに大きくなっていく長男の世話をする。そんな二人の姿を見ることが毎日の大きな楽しみになっていた。

「妻はすでに『母親』になっている。私はまだ『父親』になれていない気がする。もっと近くに、そして、もっと一緒に居てやりたい。我が子を肌で感じたい」

そんな思いと、「子どもが生まれたからといって、子どもを優先していては会社がダメになる。立派な経営者なら、父親である前にまずは社長。家族より、仕事だ」、そう思い込もうとする自分もいる。両方ともに本心だが、前者のような甘い考えを打ち消すべく、結局、ひでさんは後者のみを本心と思い込むことで、自分を高め、今の苦しみを打開しようとしていた。

刹那主義の人

しかし、思い込みだけで上手くいくほど経営は甘くない。翌期は、嫌な予感が当たりスタートから受注低調。昨年対比八十パーセント辺りを推移。ここでも不安になるが、怖くなって、「たまたまだ。いつか注文は来る」と思い込む。二か月経っても、三か月経っても、半年経っても低迷は続く。もう「たまたま」では済まされない。

しかし、今更打つ手はない。人形業界は一年に一度の商売。スタートしたら大きな方向転換はできない。年初に行う展示会がすべてなのだ。そこで発表する新製品を含めた商品群で一年間勝負し、そこで発表した価格で一年間販売をしていく。商品や価格を期の途中で変えようものなら一気に信用を失う。だから、待つしかなかった。顧客からの発注を。

かくして、前半はこのまま低迷。そして、後半も今一つぱっとせず。来期を占う最後の二か月も比較的静かだった。

調子に乗って仕入れ、強気で生産計画を出していたので、多くの在庫が残った。売上が下がり、在庫が残ったので、当然のごとく資金難に陥る。おまけに、前出の納税対策で年度末の在庫を大幅に削っていたので、低調だった今期も削った分の利益が出てしまう。だから、今期も在庫を削ることに。もう全く自社の本当の姿が見えなくなっていた。準備万端、常に先を見ていた父の子とは思えないほど、ひでさんは刹那主義の人になっていた。

特調？

二度目の決算が終わり一か月ほどしたある夏の日の朝、デスクの上の内線が鳴る。

「税務署の方がおみえになりました」

「何だろう？」と思いつつ、社長室へ通した。

「一宮税務署の特調です。顧問税理士のT先生に電話していただき、『特調が来ている』とお伝えくください」

目の前で起こっていることが理解できないまま、言われるままに電話をした。受話器の向こうでT先生は、明らかに驚いたような声色で「すぐに行く」と言われた。

ちなみに、「特調」とは税務署の「特別調査」のこと。一般的な「任意調査」は、事前に調査日程を連絡してくるが、「特調」は申請内容に疑問を持つと予告することなく、特別調査部門の調査官がやってくる。

特調の調査官は三名。証拠隠滅防止のためなのだろう、リーダーだと思われる一名は社長室に、後の二名は事務所で目を光らせている。まるで、テレビドラマのワンシーンのような異様な光景だ。

顧問税理士のT先生が来るまでは、社長室で一対一。笑って世間話をしてくるが、目が怖い。すべてを見抜いているかのように見える。そこに、税理士のT先生が到着。にこやかな世間話の後、調査に入った。

調査は三日間に及んだ。やはりプロ。すべてを見透かされ、裏を取られていた。「我々は今日調査に入る前に、長い間張り込んだんですよ。何月何日の何時に社長や御社の社員さんがどこへ出かけたか。そんなこともほとんど記録にとってある。観念しなさい」と。

この調査の結果、悪質と見なされ重加算税や金利を含め、総額五千万円近い税金を支払うことになった。

命懸けのシナリオ

時限爆弾

父の死から二年、色々なことが起こり、ひでさんのモグラたたきは続き、業績も下降の一途をたどっていた。それだけでも大変な環境なのに、ひでさんにはもっと大きな不安があった。それは、父が取引先と続けてきた融通手形だった。この問題は、前出のメインバンクのF常務にもすがれない。もし、手形を融通していることが明るみに出たら、ほとんどの場合、金融機関との取引は停止されてしまうからだ。

しかし、今考えれば、恐らくメインバンクはこの融通手形の存在に気が付いていたのではないかと思う。プロが見れば分かるはずだ。切れ者のF常務のこと、恐らく見て見ぬ振りをしていてくれたのだろう。

父の葬儀後、義兄も帳簿を見てすぐに気が付いた。「お前の会社はとんでもない時限爆弾を抱えている。この問題が一番の難関、これだけはそんなに簡単には乗り切れないだろう」と。

この爆弾、最初は恐らく、当社の資金繰り状態が良くなく、先方に助けていただいていたのではないかと思う。しかし、当社は父の努力で徐々に業績を上げ、反対に先方は焦げ付きなどがあり、急激に業績を落としていったようだ。そして、ひでさんが社長になった頃、さらに先方の業績が悪化。先方の社長より融通手形の増額を迫られた。

「どう考えても、増額を断れば、お互いの会社は倒産するだろう」

融通手形は一度手を出したら、増えることはあっても減ることは考えにくい。減らしたら、ほとんどの場合、遅かれ早かれどちらかが資金ショートすると考えられる。どちらかが資金ショートすれば、当然もう一方も短期間のうちにお手上げとなる。大した知識や経験がなくてもこれくらいはなんとなく理解できた。結局、言われるがまま増額。そして、そのことを義兄に相談した。

「なぜ手形を切る前に相談しなかった！　お前は絶対にやってはいけないことをしたんだぞ！」

いつも優しい口調の義兄がこの時ばかりは声を荒げた。その声を聞いて、泣きたくなるほど情けなかったし、逃げ出したくなるほど怖くなった。そして、ひでさんの耳にはハッキリと時限爆弾が時を刻む音が聞こえだしていた。

シナリオを演じる

その直後、義兄はとんでもないシナリオをひでさんに突きつけた。

「融通手形をしているくらいなので、担保などあるわけがない。まして、現金があるわけがない。命で払わせるしかない。担保代わりに生命保険証を取ろう」

その義兄の言葉を聞いた時、父がひでさんによく話していたあることを思いだした。

「商売で失敗してもいいように、俺は自殺でも下りる生命保険に入っている。だから、心配するな。いざとなったら俺は死ぬから」

その時、ひでさんは確信した。

「あの社長は必ず自殺でも下りる多額の生命保険に入っているはずだ。父とはツーカーの仲だったのだから」と。

まずは、シナリオ通り、担保を要求した。

先方の社長は顔色一つ変えず、「そんな余裕があるはずがないですよ」と返してきた。

やはりあるわけがない。そこで、切り出した。

「生命保険には入ってみえますよね。その証書を預からせていただけませんか」と。

すると、先方の社長は、その言葉がひでさんから出ることをあらかじめ知っていたかのように平然と了承、数日のうちに生命保険証書を持ってきた。その死亡保険金の金額は、担保としては充分な金額だった。

そして、数日後、またも融通手形の要請。今度はシナリオ通りに断った。すると、何度も電話が入る。

「死んでやる」と。

鬼気迫る声色が耳に残る。そして、その度に、すさまじい罪悪感に苛まれる。

「何があったの？　あの社長から何度も電話があるけど？」と妻。

ある程度の経緯は知らせてあったが、最近の不穏な空気を察したのだろう、彼女なりに心して聞いてきた。今まで何度もこの話をしようと思ってはいたが、結局言えずにここまできた。ひでさんが、こんな残酷な計画を立て、実行する人だと知ったら、正義感の強い彼女はひでさんを嫌い、疑い、距離を置くであろうことは容易に想像できたからだ。

案の定彼女は言った。

「そんなことダメでしょう。あなたは自分が何をしようとしているのか分かっているの？お金と命とどっちが大切なの？」

ひでさんは、その言葉を聞いて、逆に彼女の賢明さを思い出した。そういえば、彼女は感情を抑え、物事を冷静に考えられる人だった。きっと、彼女なら分かってくれるだろうと。

「命の大切さは分かっているつもり。しかし、こうするしか、お互いの会社を救う道はないんだよ。両方の会社がダメになれば、そこに勤める社員さんたちとその家族も路頭に迷わせることになる。仕入れ先や外注先にもご迷惑をかける。そして、お客さまにも。地道に利益を出し、徐々に埋めていけるような小さな金額ではないんだよ。そして、融通手形を始めたからには、先方の社長も、父も最後は命で清算するつもりだったと思う。たまたま父は病気で先に逝った。そして、先方の社長にもその時が来たということだよ」

ひでさんの言葉に、彼女は返事をしなかった。しかし、その日からこの件に関しては協力的でこそあれ、異を唱えるようなこともなくなった。

殺るか殺られるか

そして、シナリオ通り、次の手を打つ。先方のすべての在庫の預かりを要求。いわゆる追い担保だ。先方の社長は渋々承諾。引き取り方法と時期の打ち合わせをすることになった。部下との出張予定に合わせて先方の会社を訪問することになった。

出張帰り、先方の会社の最寄りの駅に着いた。部下を駅の喫茶店に残し、先方の会社に向かおうと席を立った。

「嫌な予感がする。殺るか殺られるか。今から行ってくるが、一時間経っても私が戻ってこなければ、ここへ来てくれ」

そう言って、先方の住所と電話番号を書いた紙を渡した。部下は今までひでさんに見せたことのないような不安そうな表情を見せた。

先方の会社に到着。社長の奥さんが迎えてくれた。

「どうぞ」

事務所に通されお茶を出された。なぜか背後に殺気のようなものを感じる。なるべく壁が背になるような位置に座り直した。従業員さんたちは、ここからかなり離れた店舗の方に出勤しているのであろう。ここには、先方の奥さんしかいないようだ。

嫌な沈黙が続く。なぜ社長がいない？　しびれを切らしてひでさんから切り出した。

「奥さん、社長は？」

「それが昨夜から帰っていないんです。不思議なことに車はあるんですが」と奥さん。さらに、奥さんが切り出す。

「嫌な予感がするんです。一緒に倉庫を見に行っていただけませんか？」

断ることもできず、事務所の二階、三階部分にある倉庫への階段を二人で上がり始めた。

まずは二階へ。異常なし。そして三階への階段へ向かった時、「キャー」、ひでさんより少し先を進んでいた奥さんの悲鳴がこだました。階段の上を見ると力のない人の姿。前方へ恐る恐る回ってみる。

（社長……首を……）

心の中でつぶやいた。

その瞬間、膝がガくがくと震えだした。奥さんはそこに腰を抜かして座り込んでいる。

ひでさんまで腰を抜かすわけにはいかない。

「奥さん、しっかりして。ますは、息子さんを呼びましょう」

咄嗟にそう言った。ひでさんには、この状況をどうしたらいいかの判断を冷静にする自信がなかったし、奥さんと二人だけでいる辛い時間を少しでも短くしたいという思いがあったからだと思う。

そして、ひでさんは駅に待たせてある部下に報告して、またすぐに戻ってくる旨を奥さんに伝え、息子さんの到着を待たずして、逃げるように部下の待つ駅に戻った。

部下は、ひでさんが発った時と同じ席に同じような姿勢で座っていた。

そして、ひでさんは今見てきたことの一部始終を話した。

「私はもう一度先方の会社に戻る。だから、お前は先に帰れ」

そう伝えた。その部下は答えた。

「そんなことはできない。この状況で社長を一人にはできない。帰れません」と。涙が出るほどうれしかった。

「そうしてくれ」と口元まで出掛かった言葉を飲み込み、「お前は帰れ」と言った。なぜならば、どうしてもあの悲惨な現場を彼には見せたくなかったからだ。あの空気に触れさせたくなかったからだ。そして、そういう判断をすることで、その部下に自分の男らしさを見せたかったのだと思う。

部下は、ひでさんの説得に応じて、先に帰路に着いた。ちなみに、この部下は、このあと数年でひでさんの右腕となり、我が社のナンバー2を務めることになる。

冥福を祈る

第一発見者は、先方の社長夫人とひでさん。警察の事情聴取、医師の死亡確認、先方の家族との今後の打ち合わせを済ませ、やっと先方の会社を出た。本当に長い一日だった。しかし、明日は通夜、明後日は葬儀、ひでさんも来賓として参列する予定。

（仮釈放ってこんな気分なんだろうか）と思いつつ、これから起こることに思いをはせながら、電車の窓から外を眺めていた。

帰宅後、即義兄に報告。

「そうか。よく死んでくれた。これでお前の会社も先方の会社も救われた。この方法しかお互いの会社や家族を救う道はなかったんだよ。そう思って明日は心から冥福を祈ってこい」

義兄の言葉を何度もつぶやき自分を納得させた。

針の筵

そして、ご家族やご親族の目にさらされながらの通夜と葬儀は、ひでさんにとってまるで針の筵だった。葬儀の最中、隣に座った弊社のお得意様の社長から、「つい最近まで元気だったのに、なぜ亡くなられたのでしょうね？　死因をご存じですか？」と聞かれた。「この人は本当のことを知っていて聞いているのか？　それとも知らないのか？」。言葉が出なかった。恐らく、この式場のいたるところで、こんな会話がなされているのだろう。そんな疑いと罪悪感で頭がいっぱいになった。

「早く終わってくれ」

ただただそう願うばかりだった。

葬儀が無事終了、一時解放された。

「先方の社長が亡くなったのだから、在庫の引き上げはあるまい。これで保険金は下りるだろうから。この期に及んで、在庫を引き上げると言ったら、『血も涙もない』と言って先方は怒るだろう。さすがに義兄もそこまでは言わないだろう」

帰りの道中、そんなことを考えていた。

次なるシナリオ

帰宅後、義兄に連絡。すると義兄はこう言った。

「社長は亡くなったが、予定通り在庫は引き上げないと」

ひでさんは耳を疑った。そして、思わず、

「先方の社長が亡くなっても在庫は引き上げるの？」

とつぶやいた。それに対して兄は、

「保険証券は先方に返さないと保険金は下りない。しかも、その保険金は受取人である奥さんにしか振り込まれない。もし、奥さんが保険金を受け取って、その金をもって逃げたらどうなる？」

ひでさんは即座に答えた。

「そんなことはしないでしょう。先方の社長が命まで落としたのだから、それ以上のことは言えない。もうここは信じましょうよ」

義兄は即座にこう続けた。

「人間なんて分からないもの。億単位の金を見たら誰だって目がくらむ。今まで苦労したからこそあり得ることだ。そして旦那が命を捨ててまで作ってくれたお金だと思ったら、大事に使いたくなるものだ。逆に言えば、先方の社長が命まで絶って会社のために残したお金だ。お前がお互いの会社のために大事につかってあげないと社長も浮かばれないだろう」

さらに義兄はこう続けた。

「相手が保険証券を返せと言ってくるまでこちらからは動くな。言ってきたら、証券を返す代わりに在庫を預からせてくれと申し出る。証券を渡したら、こちらには何も担保が無くなるのだから当たり前だ。そして、在庫の運搬費用も預かる倉庫料もすべて先方負担。担保設定費用はすべて借りた方が負担するのが当然だから」

（そんなこと言えない）

ひでさんは、正直、そう思った。

同時に（商売というものは、お金のためならここまでしないといけないものなのか）と。

しかし、ここまでひでさんを心配し、アドバイスをくれた義兄に今更「できない」とは言えない。そして、よくよく考えてみると義兄の言う通りだとも思う。まだ、何も解決していない。今まで心を鬼にして、先方に厳しい条件を突き付けてきたのに、ここで手を緩めて裏切られたら今までの苦しみは水の泡だ。

「やるしかない」

そう決意した。

署名、捺印と口約束

先方の社長には、二人のご子息がいた。数日後、その長男から連絡が入る。「生命保険証書を返してください。それがないと保険金を受け取れないから」と。筋書き通りだ。そして、予定通り、証書を返す代わりに在庫を預かりたい旨を伝えた。

その時、先方は言葉にはしなかったが、「あなたはそれでも人間か。私の父親の命まで奪っておいて、そこまでするのか？」と言いたかったに違いない。しかし、先方もまずは保険証書を手にしないことには事が進まないことを理解しているので、すぐに承諾してくれた。そして、運賃や倉庫代金を負担することも。

数日後、運送会社のコンテナ車に、当社の社員二名が同乗し、在庫の引き上げに出かけた。うち一名は、事件当日駅の喫茶店でひでさんを待っていた社員さん。事件当日、ひでさんを残して帰ったことが不本意であることもあり、進んでこの役を引き受けてくれた。

かくして、在庫は当日中に当社の取引のある物流会社の倉庫に収まった。その翌日、先方と商談。先方は、兄弟二人で来ていた。長男はひでさんより五つか六つ年上かと見受けられる。次男はひでさんより二つ、三つ年下かと感じた。

予定通り、生命保険証書を返し、その証書の預かり証を受け取ると共に、保険金が入り次第、一両日中に指定された金額を振り込む旨が記載された書面に署名と印鑑をもらった。そして、在庫運搬の運賃と倉庫料を先方負担にと切り出した瞬間、最初から一言も発せず、ずっと怖い顔をしてひでさんをにらんでいた次男がさらに血相を変えて何か言おうとした。

しかし、その気配を感じて、長男が次男の言葉を遮った。しかし、次男の変化も察することができたし、彼が何を言おうとしたかも分かる気がした。しかし、ひでさんは気づかない振りをして話を続けた。

その次男の迫力に押されたのか、そこでひでさんの弱気と人の好さ、相手によく見られたいという気持ちが顔を出す。運賃と保管料負担の口約束はその場でもしたものの、あらかじめ準備してきた書面を出さなかったのだ。

「先方は、この状況下でも億単位の振込を約束し、署名、捺印をしてくれた。今更、十万単位の運賃や倉庫料負担の書面など取る必要はないだろう。ここまでしてくれているのだから、そんな金額を踏み倒すわけがない」

そう都合のいい解釈をしたのだった。

授業料

かくして、振り出した手形分の現金が先方より振り込まれた。

「終わった」

心より安堵し、目頭に熱いものを感じた。

そして、もう一口の振込を待つ。運賃と保管料だ。半日待ったが振り込まれない。しびれを切らして先方に電話をした。まずは、手形分の現金を受け取った旨を伝えた。そして、運賃、保管料の振込催促をした。その答えに耳を疑う。

「そういう請求書が届いていますが、こちらがそれを負担する理由はありません。在庫を持っていったのはお宅でしょう。ですから、お宅の負担でしょう」

口頭で確認したことを伝えたが、全く取り合ってくれなかった。それどころか、厳しい口調でその請求を責められた。

「人間って、そんなものか。結局、書面を取らないと動かないのか。信じた俺が馬鹿だった。義兄の言う通りだった」

億単位の現金を受け取ったが、その数十万円を受け取れなかったことで、何か大きなものを失ったような気がした。

その夜、義兄に報告。一緒に喜び安堵してくれた。そして、「本当によくやった。しかし、最後は甘くなったな。結局、口約束は守らないだろ。紙を取らないと。いい勉強になったな。その運賃と倉庫代は授業料だと思え」と笑った。

義兄からもらったもの

かくして、当社の一番の問題は解決した。

間違いなく義兄のおかげだ。ひでさんは義兄の作ったシナリオ通り役を演じきっただけ。とは言え、今となっては、あの若さで、その役を演じきった自分を大いに褒めてあげたいと思う。誰にも見張られているわけでもないのに、そこから逃げず演じきったストイックな自分を。この時のひでさんの唯一のモチベーションは、「よくやっている」と義兄に褒めてもらうことだけだったような気がする。

そして、義兄とは、この件を含めて、決して多いとは言えない「濃い時間」を幾度となく過ごし、後のひでさんを作り上げる礎を築いてもらった気がする。その一例が次のようなエピソードだ。

玩具問屋の修行時代、当時二十二歳、修行の身、いつかは辞めていく社員。だから、担当がもらえない。新卒の同期たちが次々と配属が決められていく中で、ひでさんだけが、毎日忙しくて手の回らない部署に回される。いわゆる「応援要員」だ。その日にならないとどんな仕事に就くのかも分からないような状況。なので、前もって、予習や準備もできない。当然仕事の終わる時間も全く分からない。諸事計画的に事を運びたいひでさんにとっては、結構フラストレーションの溜まる状況だった。

そんな週末、実家に帰ると義兄がいた。酒を酌み交わしながら、今の不満を義兄にぶつけた。すると、義兄は「いい経験だ。そういうつらい経験はそんなにできるものじゃない。今のお前と同じような立場にある人の心が分かるのは、お前くらいしかいない。その経験はお前を立派な社長にしてくれる」と。

しばらく義兄の言葉をかみしめたが、やはりその通りだと思った。ひでさんの不満をプラス材料にしてしまう。当時のひでさんには、その考え方がすごいと思えた。今のひでさんの持つささやかなプラス思考は、この義兄からもらったものだと思う。

そして、義兄は続けた。

「心を自由に使え」

どういう意味かと尋ねた。

「そのコップを持とうと思うと、考えなくても手が動くだろう。トイレに行こうと思えば、考えなくても立ち上がり、歩きだし、右足と左足を交互に出す。つまり、手や足を自由に使いこなしているわけだ。それと同じように心も使えるはずだ。悲しいと思えば悲しくなる。うれしいと思えばうれしくなる。心もお前の思い通りになる」

こうして、ひでさんは、義兄からいつも多くの「勇気」と少しの「自信」、そして何より、人生を生き抜く「知恵」をもらっていった。

その涙が我が社を変えた
「環境整備」との出合い

義兄のおかげで、当社にとっての「最大の危機」を乗り切ることができた。

しかし、その後もしばらく業績は悪化の一途をたどっていた。今考えれば、大した手を打っていないからだが、当時のひでさんに言わせれば、「どんな手を打ってもうまくいかない」「すべてが裏目に出る」そんな気持ちだった。

(俺は社長に向いていないのかな?)

(会社というのは、こういう状態が続いて、つぶれるのかな?)

そんなことを考えるようになっていた。自信がない社長、元気がない社長の元では、当然だが、社員たちも元気をなくし、社内の空気も殺伐としてきた。

そんな時、友人からある勉強会に誘われた。その友人のお父さんが経営する会社と取引のある会社のY社長が、「若い経営者を集めて勉強しましょう」と、ほとんどノリだけで始めた会だった。

会の名前はY社長の名字をいただいてY会とした。会則も組織もない。メンバーも決まっておらず、皆自由に参加し、年齢的にも経験的にも兄貴分であるY社長を中心に学んでいた。

その勉強会で、ひでさんは当時の苦しい局面を打開する「環境整備」という思想に出合う。「環境整備」とは、世に言う5S（整理、整頓、清掃、清潔、しつけ）のようなものだ。何をやってもうまくいかず、「どうせ死ぬならきれいに死のう」そう開き直って、「環境整備」なる活動を始めた。

最初は、一人で取り組んだ。会社の前の掃き掃除。社員さんたちが出社してくる前に終わるのを日課にした。一か月ほど続けたある日、外に出てみるとすでに掃除が終わり、水が打ってある。

「妻だ」

とてもうれしかった。その打ち水の跡を見て、いつの間にか手を合わせていた。

「妻が外の掃き掃除をしてくれるのなら、自分は違うところを」と、工場のトイレを「磨く」ことにした。

三か月ほど続けた頃だろうか、当時まだ和式だった白い便器を磨いていたら、突然止めどなく涙が溢れ出してきた。理由は分からない。ただただ手を動かすと涙が溢れてきた。

その日から、ほぼ毎日トイレを磨きながら一人で泣いた。そして、便器の色と同じように、自分の心も真っ白になることに気が付いた。心が無になるのだ。今までになく仕事にも集中できる。適切な言葉は見つからないが、「これはいい」そう直感した。

「環境整備」スタート！

ほどなく、会社を上げて「環境整備」に取り組むことになった。従業員さんたちにもこの経験をさせてあげたいと。

そして、次のようなルールを決めてスタートした。

・清掃は、勤務時間内に行う
・清掃時間は、準備、後片付けを含め三十分とし、それ以上はしない
・清掃は、雑誌見開き分の範囲のみを二十分間磨き続ける
・清掃中はおしゃべりしない。電話にも出ない（当番制）
・清掃はすべての業務に優先する
・清掃はグループで行い、出来栄えを競い合う

他にもまだまだ多くのルールがあったが、代表的なものはこんなところだった。

発表会、断念

「掃除は大事だと思うが、なぜ三十分もやるのか？」

「この時間に鎧を組み立てたら、どれほど生産が上がるか」

「大の男が雑巾なんか持てるか」

「社長は、変な宗教に入ったんじゃないか？」


そんな従業員たちの声がひでさんの耳に入ってきた。

分からないでもない。ある日突然、社長が「掃除だ。掃除だ」と言いだし、厳しいルールまで作り、先頭に立ち、額に汗して床を磨き始めたのだ。

掃除を始めて半年、各グループの掃除をした成果を発表させようと、「環境整備発表会」を企画した。

すると、今度は、

「そんなことをするなら会社を辞める」

「私は掃除をするために会社に来ているわけではない」

「掃除をした成果なんて人前で発表できるか」

「社長は狂ったんじゃないか」

そんな声が聞こえてきた。

もちろん全員ではない。一部の人たちは、毎日一生懸命に掃除をし、発表会企画にも抵抗は示していなかった。ひでさん同様、「環境整備」に何かを感じた人たちなのだろう。しかし、大多数の人たちは、やらされ感を隠すことはなく、大いに態度や言葉で表現していた。

これでは強行できない。一部の人たちが「環境整備」の良さを感じたように、いつかは皆が理解してくれる日が来るだろう。そう思って、第一回の発表会を断念した。

何かが変わってきた

「社長、環境整備が始まってから会社が楽しくなりました。なぜなら、私は皆より仕事が遅いし、覚えも悪い。でも、掃除なら負ける気がしないんです」

「最初は嫌だったが、毎日床を磨いていると、きれいになっていくことが楽しくなってきた。そして、自分の磨いたところに愛着がわくようになった」

「最近、仕事をしていても、なるべくゴミが出ないように、机や床を汚さないようにと気を使うようになった。ここを掃除してくれる人たちに悪いですから」

発表会を中止して三か月、環境整備を始めて九か月ほど経った頃からこんな声が聞こえ始めた。

そして、同時に、従業員さんたちの「おはようございます」の挨拶の声もいつしか明るく大きくなっていた。

「何かが変わってきた」

そんな手ごたえを感じた。

そして、皆の声に、ひでさんが気づかなかった環境整備による多くの効果を教えられた気がした。

「この人たちの気づきのレベルはすごい」

今までダメだと思っていた社員さんやパートさんたちのことが素直に認められるようになった。しかし、まだまだ半分くらいの人たちがいやいや掃除をしている。でも、焦ることはない。必ずその時は来る。そう信じて、毎日床を磨いていた。

その涙が我が社を変えた

環境整備を始めて一年、再度発表会をしたいと従業員たちに打診。すると、今度は反対の声は上がらなかった。無論、全員が乗り気なわけではない。やはり半分近くの人たちは下を向いていた。

発表会の準備は、当時の専務に依頼した。専務は父の弟、つまりひでさんの叔父。父が亡くなった時、当社へ来てくれるようひでさんからお願いした。某大手企業の子会社の総務部長をしていたため、うちのような会社に来てくれるとは思わなかったが、条件も聞かずに二つ返事で了承してくれた。当時、五十七歳での入社だった。

総務部で活躍していた人だけに、この手の段取りはうまい。当日も専務のリーダーシップよろしくスムーズに事が運んだ。初めての発表会なので、ひでさんをはじめ、従業員皆緊張していたが、ひでさんはその緊張感がとても心地よかった。なぜなら、普段ではあり得ない緊張感の中で、従業員さんたちとの新しい関係が始まるような予感がしていたからだ。

全グループの発表が終わり、最優秀グループの発表。呼ばれたグループのメンバーが前に出て並ぶ。ひでさんが表彰状を読み上げ、リーダーに授与。大きな拍手が起こる。そして、グループリーダーの受賞コメント。

「……」

涙。

「この一年間、皆で励まし合いながらがんばりました。皆さんのおかげです。ありがとうございました」と絞り出すような震える声でコメント。

その涙が、我が社を変えた。

社風が変わった

こうして環境整備が我が社に定着し、社風となり、後に他社からの見学や体験を受け入れ、地方新聞社の取材を受けるほどになっていった。

最初はひでさん一人で始めた掃除が、いつしか全従業員に伝播し、我が社の「文化」になった。「文化」のある会社は強い。そこに皆が誇りを持つから。

環境整備の定着と共に、社内の人間関係が徐々に良くなり、明るくなってくるのを感じていた。相変わらず、業績は良くなかったが、生産性が上がり、特に「ここ」という場面でのチームワークには目を見張るものがあった。

「いつからこんなにいい雰囲気の会社になったのだろう?」

社長であるひでさんが不思議に思うほど、社風が変わっていった。

このことを「環境整備」と出合うチャンスを作ってくれたY社長に話すと、「売上や利益とあまり関係ない活動に、全社一丸となって一生懸命になれる会社は強いよ」と言われ、その言葉に一筋の光明を見出した気がした。

親父の残していった一升瓶

社風が変わり、風通しは良くなったが、相変わらず業績は回復せず、ひでさんが社長になって三期目の決算は昨年に続いて赤字見込み。もう完全に亡き父が社長だった時の勢いは失せていた。

車に例えると、父が亡くなり、エンストしたが、それまでの勢いで、徐々にスピードを落としながらも一年くらいは走ることができた。それなのに、それを自力と勘違いして、新しいエンジンを積まずに余力だけで走り続けた。そして、二年目には完全にその勢いをなくし、勢いのないまま惰性だけで三年目のゴールを迎えるに至ったということだろう。

「資金繰りが立たない。今までに経験したことのないような金額が不足する……」

急に不安になり、手が震え、足も震えた。心臓が高鳴る。机の下の一升瓶にふと目がいく。父が毎日夕方から飲んでいた清酒だ。父亡き後もなぜか処分できず、お守りのようにずっとそこに放置していた。

「親父、助けてくれ」

そう呟きながら、その一升瓶を手に取り、勢いよく栓を抜き、口に運んだ。一升瓶からのラッパ飲みだ。いくらかの清酒を一気に体の中に入れたら、なぜか少し落ち着いた。

（今、できることを一つずつやっていこう。こんな私についてきてくれる従業員さんたちのためにも）

後日、早速、メインバンクの支店長と会い、六千万円のつなぎ資金の融資を依頼した。

その時、支店長の顔が一瞬こわばったことを覚えている。

「社長、多分融資できますが、この後は簡単には出ないかも知れません。がんばらないと……ピンチですよ」

ぞっとした。その動揺を顔に出さないことだけに、ひでさんは必死になった。

在庫を一気にさばく

「ピンチ……」

支店長の言葉が耳に残る。

一体何から手を打ったらいいのか分からない。そこで、ずっと続けていた勉強会Y会の終了後、Y社長に時間を取っていただき、この件を相談した。

Y社長は一言、「まずは在庫だね」と。そして、こう続けた。

「原価を割ってもいいので、すぐに買ってくれそうな相手に、現金で売ることです」

その言葉を聞いて、すぐに数軒の顧客が頭に浮かんだ。安ければ、いつでも現金で仕入れることができる資金力のある顧客は何軒もない。しかも、妙な噂を流されると後の商売がしにくくなるので、うちとの関係も良好な顧客でないと。その夜のうちにリストアップし、優先順位を付けた。

翌朝一番から、行動開始。そして、たった二軒の顧客で、前期作り過ぎて大量に残った商品をすべて売り捌いた。電話は二本、所要時間はものの五分。売上は、一千万円超。特価とは言え、こんなに早く話が付くとは思ってもみなかった。

考えてみれば、元々父の代から当社は強気な姿勢で臨んできた。多少在庫があっても特価などしたことがなかった。だから、二つ返事で買ってくれたのだと思う。そして、原価を割るほどの値引きでなくても買ってくれた。

「なぜ安いのか？」

「なぜ特価で売るのか？」

「何かあったのか？」

などというこちらを疑うような質問も出なかった。これこそが、父が築いてきた「信用」なのだと、改めて、父の偉大さを感じた。

そして、この年、実行したつなぎ融資の金額以上に、資金繰りが楽になった。この経験が、後の教育者ひでさんのいくつかの代表的な教育テーマの一つ「キャッシュフロー・自己金融力」につながっていく。

あるべき姿の頂点へ

青経塾での学び

そんな折、前出の勉強会Y会を主催していたY社長が、もう一つの経営者の勉強会を紹介してくれた。

「青経塾」

正式名称を青年経営者研修塾と言う。青経塾とは、東証スタンダード上場の塗料メーカー菊水化学工業株式会社の創業者・遠山昌夫先生（青経塾では「塾主」または「先生」）が作った経営者の勉強会。今では、塾生数千八百名を誇る日本屈指の巨大な私塾である。今でも所属しているが、この塾との出合いはひでさんの人生にとても大きな影響を与えた。

当時、ひでさんは三十歳、第十六期の塾生として入塾した。第十六期のリーダーである塾長は、松林完治氏。当時ひでさんのちょうど一回り上の四十二歳。塾長が掲げた第十六青経塾の指針〝克己復礼、剛優兼備、天空海闊、多士済済〟を地で行くような爽やかで痛快な人物。ひでさんは、この塾長にあこがれ、入塾後すぐに「兄貴」と慕うようになる。

この塾で、主に遠山塾主と松林塾長から、スーツの着こなし、身のこなし、礼儀、礼節、経営者としての生き方、考え方を現役塾生と言われる三年間で大いに学んだ。一般的な経営の勉強ではなく、経営者のあるべき姿、考え方、思想、いわゆる人間学を叩き込まれた。

特に強烈に身についたのは、「立場に生きる」という思想。

塾の課題図書でもある『峠』（司馬遼太郎・著）の主人公・河合継之助の考え方、生き方に心酔した。すべては置かれた「立場」から考える。志も判断も行動も。決して「立場」を離れない。そこには自分の感情や好悪の入り込む余地はない。

父亡き後、筆舌には尽くしがたいほどの苦労を味わったひでさんが欲しかったのは、一点の疑いもなく信じるに値する哲学だった。苦労とドラマを成長の必須条件にしてきたひでさんにはこの思想がフィットした。というより、そう考えることでとても報われるような気がした。この通りに生きれば道は開ける。人に語れるような人生になる。いよいよ一人前になれると。

塾長拝命

現役塾生最終年度である入塾三年目が始まった頃、遠山塾主より翌々年発足する予定の第二十期の塾長に指名された。

もちろん、兄貴分である松林塾長の推薦である。塾長の任に就くことは、入塾当初より、目標としていたことであり、塾主より指名されたことは、リーダーとして認められたようで本当にうれしかった。

当時ひでさん三十二歳、二年後は三十四歳で塾長の重責を担うこととなる。それまでの塾長は、ほとんど四十歳前後でその指名を受けており、過去ひでさんほど若くして塾長の指名を受けた塾生はいなかった。おかげで、入塾してくる塾生の半分近くがひでさんより年上という、とてもやりづらい環境に身を置くこととなった。しかし、この環境は、当時のひでさんの社内での立場とほぼ同じであり、若くして社長になり、年上の人たちを部下とするひでさんにとっては願ってもない幸運な環境だった。

塾長としての三年間

第十六期での三年の現役研修を終え、いよいよ第二十青経塾の塾長としての新たな現役生活三年が始まった。

経営者の世界がほとんど分からず、右往左往する若い塾生たち、案の定、ひでさんの力を試すような姿勢の年上の塾生たち。そんな環境の中で、日々、判断の連続。仕事と青経塾を同格に置いて取り組んだ。常に頭はフル回転、時間は極力有効に使い、気を緩めることなどできなかった。

塾主や先輩塾長に教えを乞い、またその態度や姿勢を厳しく叱咤されることも珍しくはなく、幾度となくお願いやお礼、お詫びに奔走したものだ。だからこそ、この三年間は、リーダーとして、何ものにも換え難い良い経験をさせていただいたと思う。

また、当時塾頭（塾生のトップ）にまで上り詰められた兄貴分の松林氏のおかげで、塾長経験後も役員に指名され、十年間遠山塾主の傍らで、塾幹部の末席を担うことになった。

現役塾生三年、現役塾長三年、そして、その後役員としての十年で、自己犠牲をものともせず、人間のあるべき姿の頂点にまで達した感がある。

しかし、その「べき」で固められたストイックな生き方が、実はこの頃からひでさん自身の心と体を蝕み始めていたことに、ひでさん自身が気づいてはいなかった。

特別な日

さて、ここで青経塾入塾前の会社の話に戻る。

社風の変革には、かなりの手ごたえを感じていたが、業績は一向に上向かない。環境整備と同時進行で進めていた経営計画の勉強、その策定セミナーに出たことが自己改革と更なる社風の変革を生む。

ダイレクトメールで知ったF税理士事務所が主催する経営計画策定セミナーに参加した。

ひでさん二十九歳。毎月一回、六か月のセミナー。十一月にスタートした第一回のセミナーに出席して、すぐに経営計画発表会の日程を決めた。なぜならば、発表会という既成事実を作らないと、ひでさんは恐らく経営計画を作らないと思ったからだ。初めての経営計画発表会を平成三年五月八日と決め、全社員と経営者仲間たちに公表した。

四月に最後のセミナーが終わり、いよいよ自力での計画作りが始まった。地道に進めてはいたが、あっという間にゴールデンウィークに入った。焦りはするが、なかなか進まない。よく分からないところも出てきた。計画書印刷の入稿期限は、五月六日の正午。とうとう五月四日の朝を迎えた。正午までは一人でがんばったが、その時点で観念した。

「もう自分だけの力では無理だ」

そこで、藁にもすがる思いで、このセミナーを主催していたF税理士事務所に電話してみた。

（ゴールデンウィーク真っ只中なのだから、誰も出るわけがない）

そう思って受話器を取ったが、何とF先生とつながった。涙が出るほどうれしかった。恥ずかしいとか申し訳ないとか思う余裕もなく、いきなり、

「先生、経営計画ができません。明後日の午前中までに仕上げないといけないので教えてください」

と懇願した。

F先生は、間髪容れず、

「いいですよ。来なさい」

　あっさり受け入れてもらえたことに、ひでさんはびっくり。すぐに資料をもって、家を飛び出し、電車に乗った。

　F税理士事務所に着いたのは、午後三時頃だったと思う。F先生は、ひでさんの名前と顔が一致しないくらいの関係なのに、にっこりと笑ってひでさんを迎えてくれた。そして、早速、経営計画の策定が始まった。

　結局、終わったのは翌日午前二時。夕食も夜食もF先生の奥様の手料理をいただき、泊めていただくことに。F先生と二人並んで布団に入ったその時、

「築城くん、明日は五時に起きなきゃいけないんだ。六時に出るからね。早起きさせて悪いね」

　F先生はそう言った。ひでさんは驚いた。

（明日五時に起きなければならない人が、前日いきなり電話をしてきた若者を二つ返事で家に招き入れ、翌朝二時まで付き合う。普通はそんなことはできない。なんと親切な人だ）

　感謝の気持ちと感動の中、ひでさんは眠りについた。

　目覚まし時計が鳴る。F先生とひでさんが起きる。すでに、味噌汁のいいにおい。初め

てお邪魔したお宅で三度目の食事だ。新聞を読みながら食事をとるF先生が、黙って食べているひでさんにこう言った。

「今日は君にとって特別な日だね」

ひでさんは、何のことだか分からず、きょとんとしていた。その様子を見て、F先生は再度声を掛ける。

「今日は君にとって大切な日だよね？」

やはり分からない。

「先生、何ですか？」とひでさん。

F先生は不思議な目をしてこう言った。

「今日は、五月五日『こどもの日』だろ。今日のために君や君の会社の社員さんたちは、一年間がんばってきたんじゃないのか？」

「……」

ひでさんは愕然とした。

確かに、五月五日は端午の節句。男の子の誕生を祝う日。我々は一年間、この日のためにがんばってきた。それをF先生に気づかされた時、とてつもない罪悪感がひでさんを襲った。

（こんな社長の作る五月人形が売れるわけがない。五月五日を特別な日と思わず、久し振りのお休みだとしか思っていなかったのだから……)

朝食を終えて、約束通り、F先生と二人で家を出る。F先生は車で、ひでさんは徒歩で駅に向かった。早朝の車中、大きな窓からまぶしい朝日が注ぎ込む。

「私は何のためにがんばってきたのか?」

「うちの会社は何のために存在するのか?」

「うちの会社は、いったい何を作っているのか?」

そして、一つの答えに行きついた。

「絆《きずな》」だと。

「うちの会社が作っているのは、五月人形ではない。人と人をつなぐ『絆』なんだ。おじいちゃん、おばあちゃんとお孫さんを結ぶ『絆』なんだ」

気持ちのよい朝日に包まれながら、経営計画が間に合った喜びよりも、さらに大きな喜びを手に入れることができた。F先生のおっしゃる通り、この日がまさに、ひでさんにとって、「特別な日」になった。

さらに「特別な日」に

そして、その「特別な日」はまだ続く。

五月五日の早朝、会社に戻った。その年の最後の小売部の配達が残っていたのだ。従業員の皆さんは、繁忙期が終わり長期休暇中。したがって、この配達はひでさんが行くことになっていた。ゴールデンウィークに入って、ひでさんが経営計画と悪戦苦闘しながら店番をしている時に、売れた五月人形だ。

「ある、ある。良かった。まだ飾ってあるわ」

そう口にしながらうれしそうに入り口を入ってきた老夫婦。そして、店内を歩き回ること二時間近く、やっと購入する五月人形を決められた。その五月人形は、たくさん並べてある人形の中で一番安価なものだった。そして、配達は五月五日大安の午前中を指定された。ひでさんにとって久しぶりの休日の午前中。

（勘弁してくれよ）と内心思った。

その五月人形の配達が残っていたのだ。

車に積み込み、配達先のお宅へ着いた。ご挨拶をし、荷物を運び込んだ。そして、「どちらに飾りましょうか？」と尋ねると、お子さんのお父さんらしき方が、「この部屋のこの辺りに適当にやっておいて」と言った。

普段なら、何も感じない会話だが、この日のひでさんは違った。「絆」というキーワードに出合い、使命感に燃えていたからだ。その「適当に」という言葉が妙に頭に残った。御主人の指示通りの場所に五月人形を飾る。その間も、お嫁さんのご実家のご両親から贈られた五月人形にはあまり興味がなさそうに、この家の皆さんは、隣の部屋でテレビを観ていた。

飾り終え、「説明をしたいので、こちらに入っていただけますか」と声を掛けた。赤ちゃんを抱いたお母さん、先ほど「適当に」と言った赤ちゃんのお父さん、そして、おじいちゃんとおばあちゃんの五人で入ってみえた。飾り方や片付け方の説明をした。そして、その後、どういう言い回しをしたかは記憶にないが、こんなことを言った気がする。

「この赤ちゃんはとても幸せな子ですよ。お母さん方のおじいちゃん、おばあちゃんにとても愛されていますから。四月の後半に生まれられたんですよね。四月末頃に、そのおじいちゃんとおばあちゃんがうちに五月人形を見にこられた時に、『もう時期的に五月人形は売ってないかも知れない。だから、来年にしようかと思ったけれど、やっぱり生まれて初めての五月五日に飾ってこそ初節句。来年では意味が薄れる。だから、絶対に今年の五月五日までに飾ってあげよう。そう思って慌てて買いにきたんですよ』と話してくださったのです。そして、二時間も店内を行ったり来たりして、やっと決められた心のこもった五月人形なのです。その気持ちを受け取っていただきたく思います。こんなに幸せな子、他にはいませんよ」

その後、部屋の片づけをし、玄関を出て車に乗った。気が付くと、その家の皆さん全員が外に出てきている。車をスタートした。それでも、ひでさんを見送ってくれている。一つ目の角を曲がるまで、五人の姿はルームミラーの中にあった。

この時のルームミラーに映った五人家族の姿をひでさんは今でも忘れない。F先生の言われた「特別な日」は、まさにひでさんの人生にとって「特別な日」となった。

理念

翌日五月六日、年度が変わり初の朝礼。久し振りに全員の顔が揃った。

社長あいさつの後、ひでさんは五月四日、五日にあった「特別な体験」の話をした。話をしている間に、従業員さんたちの顔つきが変わっていくのを感じた。今考えれば、話の内容もさることながら、熱く語るひでさんの変容ぶりに驚いていたのかも知れない。

実は、この体験が我が社の経営理念を生む。そのキーワードとなったのが、F税理士事務所からの帰りの電車の中で浮かんだ「絆」というキーワードだった。その後、このキーワードをもとに、社員さんたちと一字一句にこだわりながら、経営理念を作った。

すると摩訶不思議、四六時中頭から離れなかった業績のことはあまり気にならなくなっていた。このことは、決して経営者としては良いことだとは言えないが、経営理念がひでさんの不安の半分くらいを打ち消してくれたのだと思う。

「経営理念を持つと心が強くなるのかも」

そう感じる経験だった。

V字回復の要　商品開発

復活の予感

こうして、経営理念と出合い、何となくではあるが不安が半減したひでさんは、経営計画元年に向かう。今考えれば、幼稚な計画だったので、大した効果は生まなかったが、理念をもって真剣に仕事に向き合ったことで、とても大きなことに気がついた。それは、自分が従業員さんたちに遠慮していたということだ。彼らにとって「いい社長」でありたかったのだ。

実は、このことが諸悪の根源であることに気づいた。従業員さんたちに、嫌われたくないから、命令ができない。従業員さんたちに、嫌われたくないから、厳しいことが言えない。従業員さんたちに、嫌われたくないから、ルールも変えられない。従業員さんたちに、嫌われたくないから……。このことに気づいた時、ひでさんは決意した。

「従業員さんたちに好かれようとする気持ちを捨て、理念に生きる」と。

そして、そうすることが、結局は従業員さんたちのためになると。

それからは、反発や反論を怖れず、良いと思うことは即行動に移していった。但し、決

郵 便 は が き

料金受取人払郵便

新宿局承認

2524

差出有効期間
2025年3月
31日まで
(切手不要)

1 6 0-8 7 9 1

141

東京都新宿区新宿1－10－1

(株)文芸社

愛読者カード係 行

お名前《ふりがな》		明治 大正 昭和 平成 年生 歳	
ご住所《ふりがな》	□□□-□□□□		性別 男・女
お電話番号	(書籍ご注文の際に必要です)	ご職業	
E-mail			
ご購読雑誌(複数可)		ご購読新聞 新聞	

最近読んでおもしろかった本や今後、とりあげてほしいテーマをお教えください。

ご自分の研究成果や経験、お考え等を出版してみたいというお気持ちはありますか。

ある　　ない　　内容・テーマ(　　　　)

現在完成した作品をお持ちですか。

ある　　ない　　ジャンル・原稿量(　　　　)

書　名			
お買上 書　店	都道　　　　市区 府県　　　　郡	書店名	書店
		ご購入日	年　　月　　日

本書をどこでお知りになりましたか?

1.書店店頭　2.知人にすすめられて　3.インターネット(サイト名　　　　　　)

4.DMハガキ　5.広告、記事を見て(新聞、雑誌名　　　　　　)

上の質問に関連して、ご購入の決め手となったのは?

1.タイトル　2.著者　3.内容　4.カバーデザイン　5.帯

その他ご自由にお書きください。

(　　　　　　　　　　　　　　　　　　　　　　　　　　　　)

本書についてのご意見、ご感想をお聞かせください。

①内容について

②カバー、タイトル、帯について

弊社Webサイトからもご意見、ご感想をお寄せいただけます。

ご協力ありがとうございました。

※お寄せいただいたご意見、ご感想は新聞広告等で匿名にて使わせていただくことがあります。

※お客様の個人情報は、小社からの連絡のみに使用します。社外に提供することは一切ありません。

定事項に関しての皆に対する説明責任と経営理念の実践からは決して逃げなかった。

こうして、経営計画元年は、またも業績を回復することはできなかったが、ひでさんの大きな気づきによって、社内に大きな変革をもたらし、少なからず復活の可能性を予感させる雰囲気が出てきた。

まずはキャッシュを生み出す

前出の勉強会Y会のY社長のアドバイスで余剰在庫を現金に換え、融資も受けたこともあったが赤字なのに資金繰りが楽になった。逆に、一年目は、黒字なのに全く現金が無かった。この二つの経験で、キャッシュフローの不思議を体感。その後、徹底的にキャッシュフローの原理を学んだ。そして、企業には「自己金融力」があることが分かった。ある程度は、自らの力でキャッシュを生み出せるということを。

結局、資金を生み出す自己金融要素は、在庫、売掛金、買掛金、利益、増資の五つ。我々のような零細企業は、そう簡単に増資などできるものではないので、特に前者四要素を駆使して、キャッシュを生み出す努力をするしかない。

まずは、こうして資金繰りを少しでも楽にしておき、次に商売の核となる「商品開発」に手を打つことにした。

商売の要は「商品開発」

当たり前かもしれないが、結局、メーカーにとっては、「開発力」が生命線だということだ。

売上が欲しい。売上は、単価×数量。では、単価や数量をいかにして上げるか？

・高く売るには？
・数量をたくさん売るには？

この二つの疑問に共通する答えは、「商品開発」。

いい商品を持てば、価格決定の主導権を握ることができ、高く売ることができる。いい商品を持てば、当然、数量が売れる。つまり、「商品開発」が単価と数量を上げるキーになる。

さらには、欲張りだが資金繰りも楽にしたい。資金繰りを楽にするのは、前出の通り、在庫、売掛金、買掛金、利益の四要素を駆使すること。

・在庫を減らすには？
・売掛金を減らすには？
・買掛金を増やすには？
・利益を上げるには？

この四つの疑問に共通する答えは、やはり「商品開発」。

いい商品を持てば、受注生産ができる。そして、受注後すぐに納めなくても待っていただける。だから、在庫を持たなくていい。

いい商品を持てば、有利な回収条件で取引ができる。だから、売掛金が減る。

いい商品を持てば、有利な支払条件で取引ができる。だから、買掛金を増やすことができる。

いい商品を持てば、前出の通り、高い単価でたくさんの数量が売れる。有利な条件で取引ができるため、経費も安くて済む。したがって、利益が上がる。結局は、商品開発が商売の要だと気づいた。

「売り方」より「売り物」

「メーカーは営業したら終わりだ」

そんな父の言葉を思い出した。

「営業しなくても、向こうから買いに来る商品を開発しろ。営業に回っているメーカーは、売れない商品を作っているから売りに回る。売りに回っている時間があったら、商品開発にその時間を回せ」

そう言っていた。この言葉は、真理だと思う。そして、この真理はどんな業種業態にも当てはまるのではないかと思う。

実は、商売というのは、売れる商品を持っているかどうかですでに勝負は決まっている。売れる商品を持っていれば、営業する必要はない。

「こんな商品があって、ここで売っている」という告知だけでいいはずだ。値引きの必要もない。売れない商品を無理に売ろうとするから、値引きしなければならない。結局は、売れた値段が、その時のその商品そのものの価値なのだと思う。

世の中で行われている多くのセミナーや勉強会が教えているのは、「売り方」。「どう売るか」を教えている。言い換えれば、「売れないものをいかにして売るか」を教えている。

言葉は悪いが、「顧客をいかにして騙すか」を教示しているのだと思う。

しかし、本当に大切なのは、売れる商品を開発すること。作れなければ、探して仕入れてくること。

現に、当初の勝ち組小売店の社長たちは、「いい商品を仕入れるためになら、世界中どこへでも行く」と豪語していた方が多数いたように思う。

商売にとって大切なのは、「売り方」より「売り物」なのだ。

「商品開発」ルールの明文化

では、ひでさんは開発のために何をしたのか。

①顧客を徹底的に回った
営業ではなく、

「今何が売れているのか？」

「今後どんな商品が売れそうなのか？」

を聞いて回った。

②ヒット商品は買ってきて、研究した

なぜ売れるのかを現物を見てベンチマークした。

③思い立ったら、すぐに試作した

いつまでも考えていないで、やってみる。形にしてみる。

④データを取った

「感じ」や「思い」という推測で事を決めない。必ず、数字を取る。

そして、以上のことを経営計画書に我が社のルールとして明記した。

・社長自ら、週に五日は顧客を回る
・他社のヒット商品は、即手に入れ研究する
・現物なしの討論はしない
・「予想」ではなく、「予測」をする

「商品開発」六つの手法

こうして「商品開発」に目を向けたひでさんは、その取り組みの中で次にあげる六つの開発手法を見つける。

①置き換え

他業界のヒット商品を自社商品に置き換えてみる。

例）ナショナルブランドの飲み物やお菓子が極端に小さくデフォルメされてヒット

自社商品も徐々にではなく、一気に想像を超えるサイズにまで縮小してみる。但し、見た目とサイズを変えるだけで、機能はキープすることが大切なポイント。

②時系列

過去のヒット商品を時系列に並べ、次世代のヒット商品を読む。

例）エンジ色の商品、次に赤い商品そして、現在ピンクの商品がヒット

そうなると、次は淡いピンクの商品、もしくは白の商品が売れると予測できる。顧客は、徐々に変わっていくので、大きな抵抗もなく受け入れてくれる。

この手法は、色、サイズ、価格等色々な要素で使うことができる。

③穴探し

世の中にない値段やサイズ、種類を探す。

例）十万円・五万円・一万円という価格帯が多い

そんな場合は、十二万円、八万円、三万円の商品を作ってみる。するど、新しい売れ筋価格帯を生む可能性がある。たとえ、売れ筋価格帯にならず、小さな市場であっても、一社で独占出来れば意外に大きな売上を生む。そして、その価格帯を独占したとしても、大きな市場でないために注目されず、他社に参入される可能性が低い。

④ 組み合わせ

全く新しいものを作るのではなく、すでに世にあるものとあるものを組み合わせて新しい商品を作る。

例）ガラケーとパソコンを組み合わせてスマートフォンが誕生

すでにあるものなので、気の遠くなるような研究開発は必要がない。また、すでにあるもの同士の組み合わせなので、ミスマッチさえなければ、顧客に抵抗感はなく、受け入れられ易い。

こうしたすでにあるもの同士の組み合わせで、全く新しいものになる可能性がある。

⑤ 堰越《せきご》え

どんな業界にも、その業界特有の文化がある。その文化という常識を打ち破る。つまり、文化の堰を超える。

例）バイキング料理

「飲食店は料理を作って運ぶ」という常識を超えた。飲食店側の人件費削減と顧客側の好きなものを好きなだけ食べたいという欲求を一度に実現した。

この手の開発は、導入時に大きな抵抗に遭うことが多いが、顧客も初体験だけに、一旦堰を越えれば、楽しみに変わることが多い。

⑥ 乗っかり

現在売れている物やサービスがある。その物やサービスが売れると、同時に、または次の段階で欲しくなる物やサービスがある。それを開発する。つまり、他社の作ったヒット商品に乗っかる。

例）収納スペースを増やすためのリフォームが流行

大手衣料品販売店の出現により、衣料品の価格が下がり、一人が持つ衣料の枚数が増加した。当然ながら、多くの衣料を持つことで収納スペースが必要となり、それを目的としたリフォームの需要が増えた。

以上、ひでさんが手掛けてきたのは五月人形での開発なので、実例を挙げても理解しづらいと思い、一般的な例を挙げて解説をしてみた。それぞれの業界に当てはめて、ご一考いただければと思う。

V字回復

商品開発により、いくつかのヒット商品を生み出すことができ、当社の損益状態は平成五年四月期の決算を境に飛躍的に改善された。前年の平成四年四月期の決算は、千三百万円の欠損（赤字）、しかし、平成五年四月期の決算は、三千二百万円の利益を計上した。一年で四千五百万円の利益回復。いわゆる、V字回復というやつだろう。父が亡くなり五年後、青経塾に入塾して二年目のことだった。

この年も、仕入れのメインである前出の商社に決算書を提出していた。毎年、決算書の提出を求められていたからだ。すると、決算書が先方に届いた頃、先方の課長から電話があった。

「素晴らしい決算ですね。社長が本当にがんばられたことがよく分かります。先代が亡くなられた時、弊社の社長が言った言葉を思い出します。『三年は掛かる。黙ってみていよう』と。本当ですね。三年は掛かる。社長は五年かかりましたが、本当に立派です」

この課長の言葉を聞き、目頭が熱くなった。この商社の社長の温情に応えられたと。

そして、この年から十五年間利益を出し続け、この間に稼ぎ出した利益は三億五千万円。

自己資本比率は、一パーセントの超危険企業から、五十六パーセントの優良企業になった。

売上規模は、四億円程度と相変わらずの零細企業だが、利益が出せる体質に改善できた。

商品は真似できるが、性格は真似できない

新製品開発に尽力したことにより、多くのヒット商品を世に送り出すことができた。恐らく、現在この国で販売されている五月人形の七十パーセント近くが、当社が開発した商品を真似たものだろう。

当然ながら、ヒット商品はライバルメーカーからの標的となり、真似をされ、類似商品を低価格でぶつけられることになる。当社もやはり同じような目に遭った。しかしながら、

このような攻撃に遭っても、思ったほどシェアを取られることはなかった。

最初は、「低価格の類似商品をこんなに出されているのに、なぜ販売数量が僅かしか落ちないのか？」と不思議に思った。そこで、顧客の声を聞いてみることにした。すると、「他社は納期が遅れる」「品質が悪くクレームが多い」「すぐに品切れになる」「対応が雑だし、遅い」と判で押したように、同じような理由が並んだ。「顧客は商品だけで決めているのではない」ということに気づかされた。つまり、顧客には商品の良し悪し以外に、当社で買う理由があったのだ。

当社は、先代の頃から大切にしてきたことがあった。それは、月並みだが、いわゆる「信用」ということだ。当時の顧客の言葉を借りてみる。

・納期管理がしっかりしている
・品質管理がいいから不良が少ない
・万一不良が出ても、対応が早いし丁寧

つまり、これらの条件が、商品の売れ行きを支えていたということ。だから、同じような商品を作られてもそう簡単にはシェアを取られなかったのだ。父である先代が作ってくれた会社の「性格」が「信用」を生み、商品を支えていてくれたのだ。商品は手に入れて研究すれば真似ができる。コストも下げられるだろう。しかし、「性格」は、簡単に真似ができない。

こう考えると、結局、当社にとって重要なことは商品を磨くことだった。父が作ってくれた「良い性格」があったからだ。そして、「性格」はそう簡単に変わるものではないからだ。

このことに気づいた時、

（やはり商品開発に力を入れたことは正解だった。父の残してくれた我が社の『良き性格』を守りつつ、さらに商品を磨いていこう）

そう心に決めた。そして、この時再び、父である先代に対する尊敬の念と感謝の気持ちが湧いてきた。

販売を支える二つの要素

この経験によって、販売には大きく分けると二つの要素があることに気が付いた。一つは、「主要素」。つまり、売っている商品やサービスそのもの。そしてもう一つが、「付帯要素」。売っている商品やサービスに付随する要素。いわば顧客が喜びそうな「おまけ」のようなもの。

例えば、飲食店。「主要素」は、料理の味。「付帯要素」は、お店の雰囲気、接客、清潔感など。絶対的に大切なのは、「主要素」である料理がおいしいこと。これがなければ、いくら雰囲気、接客が良く、清潔感に溢れていても繁盛店になる可能性は低い。つまり、「付帯要素」では、「主要素」の欠陥を補いきれないと言える。

逆に、「付帯要素」であるお店の雰囲気、接客、清潔感に欠陥があっても、「主要素」である料理がおいしければ繁盛する。ご存じのように、その類いのお店は結構ある。つまり、「主要素」が良ければ、「付帯要素」が揃っていなくても、ヒットする可能性が高いのだ。

こういうと長蛇の列ができるラーメン店の店主に叱られるかもしれないが、「主要素」は、時間をかけ研究し、コピーすれば近いものができる可能性がある。しかし、「付帯要素」は、その人の性格が支配する部分が大きい要素なので、時間をかけ、真似をしてもなかなか高まらないし、また一時的に高まっても継続することはかなり難しいと言える。

そう考えると、前出のように、当社は元々あった「性格」という「付帯要素」と、顧客が好む「ヒット商品」という「主要素」、その両方を手に入れることができた。いわば、「鬼に金棒」という状態を作ることができたのだ。

噛み合った複数の戦略

新規事業三つのパターン

こうして、販売に必要な二つの要素を兼ね備え、財務的には強い体質となり、ひでさんの会社は、小規模ながらも盤石に見えていた。しかし、ひでさんには大きな不安があった。それは、少子化による業界の先細りである。五月人形は、生まれてくる男子の数以上に売れることはない。そして、こうした日本文化に根差した習慣は、年々薄れる傾向にあったからだ。いわば、誰が見ても人形業界は斜陽産業だった。

こうなると、今度は寝ても覚めても、「新規事業」を考えるようになった。しかし、人形業界にどっぷり浸かっている当社が、そう簡単に全く違う業界に入れるわけがない。そして、入れたとしてもうまくいく確率は低いだろう。

では、まず、「『新規事業』とはどんな商売をいうのか」、それをいくつかのパターンに分類してみた。

パターン①　今ある商品やサービスを新しい顧客に売る

パターン② 今の顧客に新しい商品やサービスを売る
パターン③ 新しい商品やサービスを新しい顧客に売る

「新規事業」は、以上の三つのパターン以外にはないことにひでさんは気がついた。そうなると、当然リスクと難易度の低い順に選択をするのが常套手段。自ずと順番が決まった。①、②、③の順、まずは①だ。このことに気がついたのが、平成四年。そして、ひでさんにとって最後のビジネス、美容業にたどり着くまでになんと十五年もの歳月を費やしたのは、慎重なひでさんらしい経緯だと思う。

パターン① 今ある商品やサービスを新しい顧客に売る

平成四年、青経塾入塾二年目、V字回復を果たした年、兄貴分である松林塾長からあるヒントをいただいた。

「お前のところの鎧を日本家屋に飾ったらとても似合うと思う。ハウスメーカーから施主様への新築祝いに使ってもらったらどうか」と。

「なるほど。グッドアイデア！」と思い、考えていても仕方がないとすぐに行動。いきなり、東証一部上場のハウスメーカーであるS株式会社の本社に連絡、総務部の方とアポを取った。

兜の見本を持ち上京、プレゼンをさせてもらった。今考えれば、「なぜ、うちに五月人形の売り込みなのか？」とさぞかし疑問に思われたことだろう。そして、総務の方曰く、「施主様へのお祝いはグループ会社のものと決めている」と。残念だが、納得せざるを得なかった。しかし、その後も、有名建築業者にアポを取り、営業して回ったが、すべて徒労に終わった。

提案者である松林塾長の「まあ、この手はこの辺までだな」の一言で、残念ながら、「今ある商品やサービスを新しい顧客に売る」パターンは終了。撤退した。

挑戦の副産物

しかしながら、ここには副産物があった。本業での営業がうまくなったのだ。この頃から、人形店に対する営業がうまくいくようになった。特に、新規の飛び込みに関してはほぼ百パーセントの成功率。自信を持った。

それもそのはず、五月人形を異業種に売り込む苦労に比べたら、人形店や人形問屋に売り込む行為はかなりハードルが低い。そもそも相手が取り扱っているものを売りこんでいるのだから。

一見無謀とも思えた挑戦が、自分の力を引き出してくれた。行動し、体験したことだけが身に付く。そんなことを体感した。

パターン②　今の顧客に新しい商品やサービスを売る

次に手がけたのが、「今の顧客に新しい商品やサービスを売る」パターン。

このパターンは、実は父の代からすでに手掛けていた。当社は鎧、兜のメーカーだったが、父の晩年はその鎧、兜を飾るための台やバックの屏風も販売を開始していた。

「うちの作った鎧に相応しい台や屏風が見当たらない。だから、うちの鎧に合わせて台や屏風を作る」

こう言って、取引のあった木工業者にOEM生産（製造を発注した相手先のブランドで販売される製品を製造すること）を依頼、すでに好評を博していた。そして、ひでさんの代に、屏風、台のアイテムを増やし、拡販していった。

お客様は神様か

前出のOEM生産をしてくれた木工業者には、もともと屏風製造のノウハウはなかった。

だから、「依頼した」というより、「作らせた」と言った方がいいのかも知れない。父が、相当な思いで説得したと聞いたことがある。

このことを振り返ると、当社の経験も踏まえて、「企業は、顧客の一見無謀とも思える要求に応えることによって育てられる」のかも知れない。

当社においても然り。顧客からの無理難題に応えようと、研究し、何度もトライし、仕入れ先に協力を要請し、同じように無理難題を投げかけ、仕入れ先と共に力を付け、強い「製造チーム」を作ってきたのだと思う。

そういう意味では、やはり「お客様は神様」なのだろう。

思いは叶う　現実化した「出逢い」

そして、ひでさんの代になり、平成七年、そのパターン②の幅を広げる。

今までと全く毛色の違う木工業者と出会い、ＯＥＭ生産の幅を広げた。人形業界に出回っていないタイプの装飾ができるこの木工業者との出会いは、当社のその後の躍進を支えるとても大きな要素となった。既存商品とほとんど食い合わず拡販できたからだ。

そして、翌平成八年、今度は鎧、兜の両脇に飾る弓太刀（弓と刀）のメーカーと出会う。この出会いは、「出会う」というより、むしろ、先方から出会いに来てくれた「出逢い」

だった。

実は、この二つの出会いは偶然ではない。なぜならば、ひでさんが心から望み、心から祈っていた「出逢い」だったからだ。いわゆる、ひでさんの強い思いが「引き寄せた出逢い」と言っていいだろう。

人の思いは、強ければ強いほど、現実化する確率が高い。そして、その「思い」の動機が善ならば、「思い」は「想い」となってさらに現実化の確率を高める。

メーカーの商社化・問屋化

普通、五月人形というのは、前出のように、鎧、兜だけで販売されるのではなく、上の写真のようにその両脇に飾る弓と太刀、それらを載せる台、バックの屏風という「セット」で販売されるのが一般的だった。

つまり、鎧、兜はメインではあるが、鎧、兜だけでは「作品」であり、

「商品」にはならないのだ。

しかし、当時、五月人形を「セット」販売できるメーカーはなかった。なぜならば、メーカーは製造だけが仕事だったからだ。見た目は企業化していても、所詮「職人集団」の延長だった。つまり、当社のような鎧、兜のメーカーは、鎧、兜だけを製造し、弓と太刀のメーカーは、やはり弓と太刀だけを作っていた。それらをセット化していたのは、人形問屋だった。

問屋は、それぞれの商品をそれぞれのメーカーから仕入れ、サイズや風合いを合わせ、一般消費者に販売できる状態に「セット」し、在庫を持ち、小売店に提供するのが仕事だった。

つまり、ひでさん流「販売を支える二つの要素」で言えば、一般的に問屋という業態が持っている在庫保管機能と物流機能、そして、人形業界固有の「コーディネート」が人形問屋の「主要素」と言える。

その「主要素」であるコーディネートを鎧、兜のメーカーである当社が、「付帯要素」として手掛けようとした。そこで、打ち出した戦略が、「メーカーの商社化・問屋化」だった。

ＯＥＭ生産で独占状態

「メーカーの商社化・問屋化」は、言い換えれば、「商社機能や問屋機能を持ったメーカー」ということになる。ちなみに、問屋と商社の違いは、物流機能と保管機能を持っているかどうかの違いと定義した。前者はそれらを持っていて、後者は持っていないと考える。「商社機能や問屋機能を持ったメーカー」と表現したのは、物流の手間と在庫リスクを少しでも軽減したいと思い、できる限り「商社化」を目指すが、仕入れ先との力関係や商品の特性により、ある程度の物流の手間と在庫リスクは背負うことも致し方なしと考えていたためだ。

メーカーとして、自らが作ることのできる物は限られてくる。すべてを自社で開発、作成していては時間とコストがかかり過ぎる。であれば、商品企画のみを手掛け、仕入れて売ろうという発想。要は、「問屋の仕事をいくらかでもいただこう」という戦略。

但し、すでに流通しているものを仕入れて売ったのでは、特異性がなく、値段の競争になり、薄利になることは目に見えている。それでは、問屋と同じ。そして、顧客である問屋と競争することになる。そうなると、なるべく値引きをしなくて済むように、「付帯要素」を上げなくてはならなくなる。「付帯要素」とは、「主要素」以外の要素。例えば、納期が早いとか、対応が早いとか……。それは、元々当社にはあるものだが、所詮メーカーレベル、長年同じ商品を競争して販売している問屋の「付帯要素」のレベルにはかなわない。そして、今更、そこにこれ以上のコストを掛けてまで、問屋と勝負したくなかった。

そこで目を付けたのが、ＯＥＭ生産（当社のブランドで相手に作ってもらうこと）だった。つまり、当社のオリジナル商品を作ってもらった。そして、ある程度の在庫負担もお願いし、場合によっては商品も直送してもらうような契約をした。というか、なるべく、そういうことができる仕入れ先を探した。

そういうことができる仕入れ先の特徴を言葉にまとめてみると次のようになる。

「技術力があって、真面目、しかし営業力がないので売上が伸び悩み、経営の勉強もあまりしていないので、手が打てない職人さんみたいな社長が経営するメーカー」

こういう会社は、古い業界には結構存在する。吸収合併をして子会社にする手もあるが、そうなると利益率は上がるが、商社としてのうまみがなくなり、リスクが大きくなるので、それはしなかった。

この手は当たり、スタートしてから事業を手放すまでの約十五年間、当社の売上と利益を支え続けてくれた。なぜならば、他にこんなことができるメーカーが無かったからだ。というより、発想もなかったと思う。そして、当社がうまくいっていても、ほぼ誰も追随してこなかった。

なぜならば、前出のように、その業界の「文化の堰」を簡単には乗り越えられないからだ。やはり、「文化の堰」を超えると、そこには聖域があり、しばらくは誰も入ってこない。独占状態になる。だから、しばらくは儲かる状態が続くことになる。

三つの不思議な現象

当社が「商社機能や問屋機能を持ったメーカー」になったことで、面白い現象がいくつか起きた。

その一つが、問屋が問屋から買うという現象。

当社は、メーカーではあるが、問屋でもある。しかし、すべてがオリジナル商品、他社には似たものはあっても同じものはない。だから、ヒットさえすれば、メーカー機能のない問屋は、問屋でもある当社から仕入れざるを得ない。噂を聞いた顧客から、当社の商品を要求されるからだ。

かくして、問屋は、問屋なのに、「問屋機能を持ったメーカー」から買わざるを得なくなった。

そして、もう一つの現象が、小売店が当社に直接仕入れに来るという現象。

いわゆる「中抜き」だ。それもそのはず、前出のように、問屋が問屋から仕入れるのだから、小売店はより高いものを買わされることになり、それが単価に跳ね返り、価格競争に負けることになる。言い換えれば、一次問屋が、当社から仕入れることによって、二次問屋化してしまう。

かくして、小売店は、「二次問屋」からの仕入れを嫌い、「問屋機能を持ったメーカー」に直接仕入れに来ることになった。

そして、もう一つの現象。メーカーがメーカーに売り込みに来るという現象。言い換えれば、ライバルがライバルに売り込みに来るということ。

当社が「商社機能や問屋機能を持ったメーカー」になったことで、鎧・兜以外のメーカーは、当社をライバルと見た。しかし、しばらくすると、当社を顧客として見るようになった。自社の商品を当社の販売ルートに乗せたいと考えたのだ。

かくして、屏風や台のメーカーが、「商社機能や問屋機能を持ったメーカー」である当社に売り込みに来るようになった。このことによって、さらに当社の商品開発の幅は広がった。

戦略を支えた三つの体制

そして、実は「メーカーの商社化・問屋化」の裏側には、外部からは見えにくい、当時としては画期的な当社の体制作りがあった。

その一つが、「データの活用」。

一九九〇年、「パソコン」という言葉がちらほら聞かれるようになり、まだ一般的ではない頃、その導入を決めた。当時のパソコンと言えば、せいぜいプリンターとつないで請求書発行に使ったくらい。印刷された文字で請求書が届くと「進んだ企業」と見られていた時代だ。そんな時代に、当社は敢えて請求書発行に使用せず、「データ戦略」のために使用した。

まずは受注表を作成。これにより、いつ、どの顧客が何をいくつ発注してきているかが瞬時に画面に映し出された。また、どの商品が、いつ、どの顧客からいくつ、いくらで受注しているのかも、瞬時に検索できた。と同時に、過去三年間の販売データを遡って入力し、すべての顧客や商品の癖と傾向を数字から読み取ることができるようになった。

これにより、長年「一年前から、何が売れるか分からない商品を作る博打《ばくち》のような商売」と言われてきた節句人形製造業をある程度「博打」でなくすことができた。

そして、もう一つが、「一個流し生産」体制。

当時の人形業界の生産と言えば、まずは「ロット生産」が主流。手作りの商品ではあるが、同じ商品を一定の数量をまとめて生産することで効率化を図る。もちろん、当社もロット生産だった。しかし、ロット生産では在庫が残る確率が高い。なぜならば、例えば、一個の受注に対しても、ある一定の数量の完成品ができてしまうからだ。これでは、せっかくのデータ活用で得た販売数量の「読み」が全く生かされないのだ。

そこで取り組んだのが、「一個流し生産」体制だった。

最初は、ロット生産に慣れた現場の従業員たちにもかなりの抵抗があった。そこで、「我々のお客様は消費者だ。消費者は、人形を一人一つしか買わない。であれば、メーカーも消費者と同じ単位で作ろう」と社内を説いて回った。

かくして、一年後は当社にとって「一個流し生産」体制は当たり前の文化となった。とは言え、一年間の生産のほとんどはロット生産で行っており、「一個流し生産」を行ったのは、受注数が細かくなってくるシーズン終盤のみだった。

そして、三つ目が「変幻在庫」体制。

当社の商品は、五月五日に向けて、毎年三月に入った頃から四月の中頃までのたった一か月半の間に、一気に動く。したがって、追加注文があってから作っていたのでは消費者の希望納期に間に合わないのだ。しかし、すぐに出荷ができる完成品状態で保管していては、在庫として残ってしまうリスクが高い。この業界は、一年に一度の商売なので、期末に残った商品は約一年間、在庫として倉庫で眠ることになり、結果的には資金繰りを圧迫する。そのリスクを避けるために、考えたのが「変幻在庫」体制だった。

「変幻在庫」体制とは、前出の「データ加工」で得た販売予測数量を完成品状態だけではなく、完成一歩手前、または二歩手前で在庫にしておく体制のことを言う。つまり、「あと少し手を掛ければ」完成品として出荷できる状態にしておくのだ。

この体制の便利なところは、工程一つを変えれば、A商品にもなり、B商品にもなるというところだ。つまり一種類の中間在庫が、最後の一手間、二手間で複数の商品として完成するのだ。

この体制により、顧客への納期は短く正確になり、当社の在庫は軽減できた。

以上の三つの体制により、自社商品の短納期化、在庫軽減化を実現し、「メーカーの商社化・問屋化」を推進することができた。

「フォーマット開発」で市場を作る

「メーカーの商社化・問屋化」の推進により、当社の要である商品開発は鎧・兜の単品開発ではなく、節句商品そのものの「フォーマット開発」へと移行することになった。つまり、節句という商品の様式、形式を革新し、新しい市場を創造していくことが、開発のテーマになった。

例えば、「置き場所がない」「しまっておく場所がない」という理由で、節句人形の購入を断念する消費者のために、当時としては画期的な小さなサイズのフォーマットを開発した。それを当社では「下駄箱サイズ」と呼んだ。マンションの玄関にある靴箱の上に飾ることができるサイズの節句人形セット。サイズは小さいが、大きなものより精巧に作り、洋間にも合うシャープできれいなデザインにし、価格はサイズを落としたほどには安くはしなかった。

当初、業者向けの展示会では、「あまりに小さすぎる」と不評を買ったが、小売店は「小さくても、ある程度の価格で売れそうなので置いてみる価値はある」と扱ってくれた。「小さくて安い」ではなく、「小さくても高い」商品にしたことが功を奏した。この「極端に小さいフォーマット」開発は、当社が人形業界を撤退するまで常に続けた開発だった。業界を撤退する二年前の二〇一二年には、Ｂ５サイズのノートパソコンの大きさまでサイズダウンさせた。

また、「節句人形は飾ってある状態を見て買うので、片付けた状態でどんな大きさになるのか分からない」という声に応えて、「収納型セット」を開発した。台の上に飾ってある部品が、その台の中にすべて収まる商品だ。この商品も、「こんなの売れない」と業者間ではささやかれたが、数社の勇気ある小売店が扱ってくださったおかげで、発売当初から大ヒットし、数年の間、年々倍々の売上を上げていった。現在でも、節句市場では主流となっているタイプだ。この「収納型」も、様々なサイズやタイプを開発しながら、徐々にダウンサイズしていった。

そして、「飾ったり、しまったりするのに手間が掛かるからガラスケースに入ったものがいい。でも、なぜかガラスケースに入ったものは安っぽい」という消費者のために、「高級鎧・兜のケース入り」を開発した。

以前から、ガラスケースに入った鎧・兜は樹脂製のものが多く、前から見るとそれなりだが、側面、後面は最低限手を加えるだけの手抜き商品なので、どう見ても安っぽかった。最低のケースに、最低の兜を入れ、最低の弓と太刀を接着した商品。市場価格は、当時で大体五万円前後だった。

そこで、当社は高級ガラスケースに、手抜きのない鎧・兜、弓と太刀を接着し、小売価格十五万円前後の価格帯で売り出した。

この商品も大当たり。結局、「ケースだから安い」ではなく、「ケースなのに高い」が功を奏し、消費者の前に、小売店をその気にさせた。小売店は、同じ売るなら価格が高い方がいいからだ。かくして、平均単価が五万円だった節句ケースの相場を十万円前後までに押し上げた。市場を創ることができたのだ。このパターンは、前出の「商品開発」六つの手法の「③穴探し」にも当てはまる。

こうして、当社は商社機能・問屋機能のあるメーカーとして、新しいフォーマットや新しい価格の市場を次々に作り、節句問屋の仕事を席巻していった。

柳の下にいなかったドジョウ

しかし、「メーカーの商社化・問屋化」は、成功例ばかりではない。大いに失敗もした。

「五月人形が売れるのなら、ひな人形だって開発すれば売れるだろう」

そう考えた。前出の新規事業「パターン②　今の顧客に新しい商品やサービスを売る」を狙ったのだ。

ＯＥＭ生産の仕入れルートを利用して、ひな人形や周辺部品の開発、販売も手掛けた。また、前出の節句人形の収納型のノウハウを生かし、ひな人形の収納型も開発・発表した。

しかし、さすがにこの構想は失敗。業者向けの展示会では、顧客に鼻で笑われるような場面もあり、ほとんど売れることなくそのまま撤退を余儀なくされた。

ひな人形の世界にはひな人形のプロがいる。そのプロたちがしのぎを削っている。そう簡単には売れるものは創れないということだ。考えてみれば、ひでさんだって、ひな人形メーカーが五月人形を作ってきても負ける気はしない。

柳の下にドジョウはいなかった。調子に乗り過ぎて失敗したお恥ずかしい例の一つだ。

新規事業スタート　三足の草鞋を履く

新しい商品やサービスを新しい顧客に売る　パターン③へ

こうして、失敗をしながらも、「メーカーの商社化・問屋化」は軌道に乗り、成果を上げることができた。しかし、節句は子どもの生まれた数、それも長男の数しか売れない。この頃になると、長男であっても買わない家庭が出現してきた。

そして、日本も先進国ゆえ、御多分に漏れず少子化は進むだろう。そうなれば、需要は減り、業者間の競争が激しくなり、単価も下がるだろう。売上＝単価×数量、売上は加速度的に下がっていくと予測できる。

新規事業三つのパターン、残るは「新しい商品やサービスを新しい顧客に売る」パターン③しか残っていない。一番手間の掛かる、そしてコストのかかるリスクの大きいパターンだ。しかし、黙って衰退するわけにはいかない。だったら、腹を決めて進むしかない。進むと決めたら、早いうちに、本業で儲かっているうちに進んでいこう。そう決めた。

しかし、ひでさんは臆病（慎重ともいう）なので、新規事業で失敗して会社を潰したくなかった。潰さないまでも、資金繰りで苦しむのも避けたかった。そこで、「新規事業で失敗しても、絶対大丈夫な会社」にしたうえで新規事業に取り組もうと考えた。

失敗しても、絶対大丈夫な会社を作る

まずは、「絶対大丈夫な会社」をひでさんなりに定義してみた。そして、やはり、自己資本の厚い会社だろうという結論に達した。

そんな時、参加したある税理士事務所のセミナーで「黒字会社の平均自己資本比率は二十五パーセント」と耳にした。

「これは使える」と直感。

であれば、新規事業で失敗しても自己資本比率が二十五パーセントであれば、「まず大丈夫な会社」だと言えるだろう。いつの時代も、黒字会社は全体の三割と言われている。その三割の会社の自己資本比率の平均が二十五パーセントなのだ。ということは、二十五パーセントあれば、常に全体の上位一割から二割のところに居られるということ。まして、新規事業で失敗した時点で、この位置に居られるのであれば、とても強い会社と言える。

次に、新規事業の規模を考えた。目的は、もう一本の事業の柱を作ること。そして、いずれは業種転換できる規模に拡大すること。そう考えると自ずと初期投資金額が見えてきた。脱サラで始められるような事業規模では、人形事業に肩を並べるような柱にならない。

らないと。

そこで、初期投資額の最低金額を五千万円と決めた。それを下回る初期投資額の事業はや

そして、初期投資に加えて軌道に乗せるまでの運転資金、追加投資資金との合計で上限一億円と決めた。要は、新規事業で一億円捨てられる会社を作ろうと考えたのだ。

一億円捨てた時の自己資本比率を二十五パーセントにする。そうなると、逆算すれば新規事業を始めるための自己資本比率が算出できた。四十パーセントだ。この数字が、新規事業を始めるための絶対条件となった。

新規事業を始めるための絶対条件、つまり明確な目標ができた。こうなったら儲けるしかない。人形事業で、儲けられるだけ儲けよう。そう腹を決めた瞬間だった。

ＦＣ構想

そんな時、青経塾の当時の副塾頭（のちに「えのさん」として登場）から、「俺と一緒に副塾頭をやらないか?」と言われた。そのお誘いはとてもうれしかったが、「私にもこだわりがあって、塾頭、副塾頭をするにはある程度の事業規模が必要だと思っています。ですから、今の私には受ける資格がないと考えます」と答えた。

副塾頭は、「俺もそう思う。だから人形は人形でやりながら、新規事業をやったらどう

か」と。

さらに「一から事業を立ち上げるのは大変なので、フランチャイズがいいと思う。ひでさんにはフランチャイズが合うと思うから。今までひでさんを見てきて、人からもらったフォーマットを自分なりに使いこなすのがとてもうまいと感じてきた。実際、人形事業もお父さんから譲り受けて、うまくやってきたよね」と。

実は、最初、この副塾頭の言葉にはピンとこなかった。しかし、時間を掛けて振り返ってみると、「確かにそうだ」と感じることが多かった。

そして、その日から、ひでさんの頭の中でフランチャイズ構想が動き始めた。

ちょうど西暦二〇〇〇年。

「人からもらったフォーマットを自分なりに使いこなすのがうまい」

この言葉は、後々までもひでさんの生きる道標となる。

新規事業第一号は焼肉店

人形事業好調の中、その間隙をぬって多くのフランチャイズ本部の事業説明会や研修会に参加した。そして、二〇〇二年、中部に本部を置く、飲食関係の中堅フランチャイズ本部と契約を結んだ。初期投資八千万円から一億二千万円の大型飲食チェーン店の契約だ。

しかし、大型店だけに出店できる物件がなかなか見つからなかった。そうこうしている間に、チェーン店の中に不採算店が数店舗出てきた。本部のテコ入れ振りを見ていたが、なかなかうまくいっていないようだった。

そんな時、青経塾のフードコンサルタントをしている友人からおもしろい話が舞い込んできた。名古屋市内にちょっと変わった焼肉店があり、その焼肉店のオーナーが一緒に出店していけるパートナーを探しているとのことだった。そして、すでにひでさんの地元である一宮店の出店が決まっていた。先に契約したチェーン店の出店はとりあえずストップしておき、早速、その友人を通して、一宮店のオープニングスタッフに当社の新規事業のために入社してくれた社員さんを出向させてもらった。そして、オープンから六か月経ったその翌年二〇〇五年一月、営業を止めることなく、一宮店を買い取ることができた。

その後も、社員さんたちの努力もあり、売上は順調に伸びていった。そして、翌年二〇〇六年六月には、小牧市に二店舗目をオープンさせた。しかし、この小牧店の出店は失敗だった。一言でいえば、立地選択の失敗。立地の失敗は、メニュー構成やキャンペーン、接客といった「付帯要素」では取り返せない。飲食店にとって、立地は「付帯要素」ではなく、「売り物」と同じくらい重要な「主要素」だと思い知らされた。

思えば、当時、一店舗目が絶好調だったので、一刻も早く二店舗目を出店したいと考えており、そのはやる気持ちが判断を甘くさせたのだと思う。

おまけに、この年、飲酒運転による大きな人身事故が立て続けに起き、その厳罰化が求められ、取り締まりがより厳しくなったのだ。おかげで、夕食をメインとする郊外店は、見る見るうちに軒並み売上を落としていった。もちろん、御多分に漏れず、当社は二店舗ともその煽りをまともに食らった。

「主要素」である立地は動かせないので、「付帯要素」で必死に立て直しを図ったが、結局は二店舗目の小牧店はオープン以来一年八か月、一度も黒字になることなく閉店に追い込まれた。そして、一宮店は、売上は落ちたものの、まだまだ余裕があったためそのまま営業を続けることになった。

第二の新規事業　美容業との出合い

小牧店を閉めるきっかけとなった飲酒運転の厳罰化が叫ばれていた頃、一通のファックスが本社に届いた。いつもなら、気にも掛けないセミナー集客の営業ファックスだった。送られてきたその紙をごみ箱に捨てようと手にしながら、チラリとタイトルを見た。

〝選りすぐりのフランチャイズ紹介セミナー〟

この会社は、フランチャイズ本部ではなく、フランチャイズ本部と契約し、加盟店を発掘し、本部に紹介することを生業としているようだった。

「道交法が厳しくなり、これ以上、郊外型の焼肉店を出店するのは危険。しかし、新規事業の柱は早く作りたい」

そう思っていたひでさんは、大きな期待はしなかったが、このセミナーに興味を持ち、出席することにした。

そこで出合ったのが数年後、弊社の本業になる美容室だった。

その日、紹介のあったフランチャイズ事業は十件、そのうち九件が飲食事業であり、この事業だけが妙に印象に残ったのだ。帰り際の受講者アンケートの「興味のある事業はありましたか？」の質問に、確か「美容院」と書いて帰ってきた。

すると、翌日、そのセミナーを主催している会社の社長から、「今週末に名古屋に行くので、その時お会いしたい」と電話があった。東京から来るようだ。予定を見たらその日はたまたま空いていたので会うことにした。

「実は、この美容室が、今、一番お勧めの事業なのです」

お会いした社長の第一声だ。そして、話を聞いていくと、なんとこの社長もこの事業を手掛けるという。ということは、言うなれば、「株屋が買う株」ということになる。

そして、来週、事業説明会が神奈川県藤沢市にある本部で行われ、その社長も出席するという。手帳を見ると、何とその日も空いている。

（縁というのはこういうものかもしれないな）

そう思い、説明会にも出席することにした。

「この事業をやる」

こうして本部で行われた事業説明会に出席、その後、当時まだ四人しかいなかったフランチャイズオーナーのうち、本部の計らいで三名の方にお会いすることができた。その三名のオーナーさんが、口々にこう言われた。

「いい商売だと思います。やった方がいい」

理由はそれぞれだったが、結論は同じ、全員推奨。それもかなりの自信をもって。今まで多くの事業のＦＣオーナーさんたちに会ってきたが、これほど自信をもって口を揃えて推薦されたのは初めてだった。

帰宅後、妻と相談、事業説明会の内容やオーナーさんたちとの面談の中身を伝えながら、この美容室チェーンのホームページを見てもらった。

すると、「近くならこのお店に行く。なぜなら、私がいつも不満に思っていることをすべて解消しているから」と。妻のこの言葉は、単品メニュー、スピーディーな施術、低価格、予約なしという特徴を指しているらしい。さすがに、女性である妻のこの言葉には説得力があった。

そこで、当然と言えば当然ではあるが、自分の目でその商売を確かめるべく、妻を連れて、横浜市周辺のお店を数軒回ってみた。しかも、なるべく流行ってなさそうなお店を中心に。そして、ひでさんも妻も実際にカットしてみた。妻は、オープンしたばかりのお店でカットとシャンプー。出てくるなりこう言った。

「これはいいと思う。早いし、安いし、接客もいい。仕上がりも普通のお店と何も変わらない」

この時、ひでさんの腹はハッキリと決まった。

「この事業をやる」と。

多角化経営と違和感

二〇〇七年六月、この美容室チェーンの本部とフランチャイズ契約。

しかし、それから一号店出店までに約一年を要した。なぜならば、なかなか自信をもって出店できる物件に出合えなかったからだ。前述したように、小売店にとって立地は事業の「主要素」であり、この要素を外したら、どんなに「付帯要素」に力を注いでも成功はあり得ないからだ。

そして、二〇〇八年七月に、食品スーパー内に一号店のオープン、続いて、その年の十月にも食品スーパーを核テナントとする中型ショッピングセンターに二号店を出店することができた。

かくして、当社は、五月人形の製造業、飲食業、美容業という全くリンクしない三つの事業を展開し始めた。

周囲の人からは、賛否両論、「リスクヘッジのための多角化経営は立派」「マルチなやり手社長」という声。

一方では、「シナジー効果がない事業の展開は危険」「小さな企業なので一か所に力を集中すべき」、そんなお声も頂戴した。

しかし、その辺りもすべて承知の上で、ひでさんは一刻も早い「もう一本の柱づくり」のために、慎重、かつ大胆に進んでいった。

また、その一方で、自分の人生に対する漠然とした不安や葛藤のようなものが日々ふつふつと湧いてきていることにも気づきはじめていた。しかし、その正体は不明、日々の忙しさの中で紛れてしまうこともあり、誰に相談するわけでもなく、時間は過ぎていった。

この時、ひでさん四十七歳。ちょうど人生の折り返し地点で感じた違和感だった。

「武士道」との出合いから「ひでさん流武士道」の完成まで

「生き方」を変えたえのさん塾

「この生き方の延長線上に幸せがあるような気がしない」

当時の自分の中の漠然とした不安や気持ちの悪さを表現するならば、こんな言葉になるのだと思う。

自分の身の置き場にも困る。心の置き所もない。

(とにかく何かを変えなければ)

そう思って、当時半分生き甲斐でもあった前出の青経塾という経営者の勉強会の役員を降りた。

そんな時、数年前に青経塾を辞めていた前出の副塾頭（以降、えのさん）から一通のメールが届いた。二〇〇九年一月のことだった。えのさんは、五十歳で現役経営者を引退、その後、得意の経営理論を武器に、経営コンサルタントやセミナー企画を始めていた。

そのえのさんからのメールは、「えのさん塾」という経営者の人生ビジョンを確立する勉強会の開講を知らせるものだった。そのメールを見た瞬間、実はどこかで「私の欲しいものはここにある」と直感していた。しかし、ひでさんはなぜか自分の心が抵抗していることに気付き、一旦はそのメールを保存、数日後、参加のメールを返信した。

えのさん塾開講は、その年の四月、しかし、三月になっても、四月になっても返信がない。そうしているうちに、今度はえのさんから、えのさん塾の入塾式が行われたことを知らせるメールが届いた。

（俺のメールは無視されたのか。それとも届いていなかったのか。どちらにしても縁がなかったと考えよう）

そう思いつつも、どこかで入塾できなくてほっとしている自分もいることに気づいていた。

そんな時、えのさんとひでさんの共通の友人が「明日、えのさんと会う」と伝えてきた。三人の関係から考えると、わざわざ話題にするようなことではないのだが、なぜかこの時、その友人はひでさんにそう伝えてきた。

ひでさんは深く考えず、「ひでさんが『えのさん塾の申し込みメールを送ったけど、無視された』と言っていたと伝えておいてよ」と笑って伝えた。

えのさん塾開講後の五月のことだった。

そして、その翌日、当のえのさんより電話が入る。

「申し込んでくれてたんだね。ごめん。メールを見落としたらしい。ひでさんなら途中入塾でもいいよ。次から参加しなよ」

えのさんらしい軽い口調だった。

ひでさん四十八歳。ここから十か月間、青経塾の現役三年間に匹敵するほどの学びと気づきの連続。一生忘れることができないほどの自分との対峙が始まった。

こう書くと、相当な厳しさの中で、また持ち前のストイックさを発揮しての学びかと思われるだろう。しかし、今回の学びは、それればかりではなく、「許す」「手放す」「受け取る」といった、今まで自分が敢えてしてこなかった考え方や行動をとった十か月だった。

その最たるものは、卒業三か月前の十二月に、妻と初めて行ったハワイ十一日間の旅だった。

何年かぶりに手をつないで歩いた。これこそが自分への最大の「許し」であり、「手放す」ことであり、「受け取る」ことだった。今でも、あの十一日間の心地良い時間を忘れることはない。自分を大きく変えた旅だった。えのさん塾に入っていなければ、このハワイ旅行はなかったと思う。

この後に、二〇一〇年三月に行われたえのさん塾卒業式でのひでさんの卒業スピーチと、当時、未来のことを現在進行形で書いた「卒業の約束」というアファメーションを掲載することで、その学びと気づきの質と量を感じ取っていただきたい。

また、スピーチの前半が、前出の内容と重複することをお許し願いたいと思います。

えのさん塾　卒業スピーチ

ひでさん
二〇一〇年三月六日

「お前は、生まれた時、何と言って生まれてきたのか」

自分に、そう問い掛けてみました。

その答えは、「両親の期待に応えるぞ」でした。


私は、一宮市で毛織物業を営んでいた築城家の二男として生まれました。

しかし、私には、二男ながらも跡継ぎとしての大きな期待が寄せられていたのです。なぜならば、長男である五つ上の兄が、生まれつき不治の病に冒されていたからです。生まれた時から、いや生まれる前から「築城家の跡取りだ」、そう耳元でつぶやかれていたのです。周りの期待に応えようとする「立場に生きる」生き方は、この時から始まります。

五歳の時、兄が亡くなりました。

親戚中が嗚咽して、涙を流す中、私一人が喜んでいました。

「このひざも、あのひざも、全部、ぼくのひざだよね」

何不自由なく育てられてきた私が、唯一許されなかったのは、甘えることだったのです。

その後、無事大学を卒業、父が決めた会社で三年六か月の修行を終えます。

この頃、すでに、家業は現在の五月人形の製造に変わっていました。しかし、修行を終えた私には、「一人前になった」という自覚は微塵もありませんでした。焦った私は、「どうしたら早く一人前になれるのだろう」、そんなことばかり考えるようになっていました。

そこで出した答えは、苦労すること。

そして、自問しました。

「今、お前が一番起きてほしくないことは何か」

起きてほしくないこと＝苦労と考えたのです。

その答えは、社長である父が亡くなることでした。

そんな良からぬ想像を抱き始めた頃、急に病状が悪化し、母が亡くなります。そして、母の死からたった一年半でその時は来ました。

「調子がおかしい」と検査に行ったきり、父が自分の足で病院から出ることはありませんでした。しかも、その一週間後に自分の結婚式が控えていました。

下手なドラマでもこんな展開にはならないだろう。

苦労を望んだ自分ですら、そう思う物語が始まったのです。

社長になって三年、やっと少し落ち着き始めた頃、青経塾という経営者の勉強会に出合います。青経塾での十九年間は、役員の末席を担っていた時期も長く、人間のあるべき姿の頂点にまで達した感があります。「立場に生きる」という生き方が、まるで自分の代名詞のようになったのです。

しかし、いつの日か、この生き方に少しずつ違和感を覚えるようになりました。そんな時、このえのさん塾と出合います。

自分の生き方を変えようと思います。「立場に生きる」を「正直に生きる」に変えます。目をそらさず、正面から、真っ直ぐ、自分の気持ちを見つめる。これが、私の正直です。そうすることで、立場は選択でき、「すべき」は「したい」に変えられます。そうすれば、きっと、私は少年のような純粋なエネルギーを、再び手に入れることができるはずです。

「あなたが、学校の先生なら、私の子どもはあなたに預けたい」

そう言われたことがあります。私は、どうやら根っからの教育者であるようです。

私は、今後、教育者として経営をしていきます。

天からいただいた自らの経験を元に、「武士道」の教えと「組織行動」のあり方を、自分の周りの人たちにできる限り分かりやすく伝えていきます。

「武士道」の本質は、フェアプレー。正々堂々、正面から物事に対峙する姿勢。形から入り、大儀に生きる魂を作り上げます。

「組織行動」の本質は、忠誠心。リーダーシップとフォローワーシップの融合。人を惹き付けて止まぬ魅力を持ち、お互いの価値を認め、真のチームワークを作り上げます。

これらの教育が、社員さんたちと私との強い心の絆を作り、定着率は飛躍的にアップします。そして、人が人を呼び、杉戸は採用活動を必要としない会社になります。

中でも、当社の新規事業である美容業においては、業界ではとても考えられないような優秀な人材が育ち、革命的な変化をもたらすことでしょう。

そして、美容業のオーナーだけに留まらず、きっとたくさんの経営者の方々が、我が社の教育を学びに来られると思います。

まさに、私の教育力が、杉戸の経営そのものになっていきます。

教育には、完成も終わりもありません。

私の周りに集まってくれる社員さんや経営者の方々から、私は常に真摯に学び、共感し、心地良い一体感を生み出していきます。

私のビジョンは、「一体感を生む」。

このビジョンに出合った今、天国の父も母もそして兄も、

「秀和、よくがんばった。一人ぼっちにして、ごめん。やっと、正直に生きるんだね」

笑顔でそう言ってくれています。

私は、教育者として、より多くの人々と共感し、心地良い一体感を生み出し、自らの天命を生きていきます。

以上

卒業の約束

「次の出店まで待ってもらってください」

採用担当の部長にメールを送信。当社の現職美容師さんが、仲間を連れてきたいと言う。しかし、すでに定員オーバー、次の出店に必要な人材までもがすでに揃っている。おかげで当社の美容師さんたちの質は格段に上がった。

「免許さえあれば誰でもいい」と採用していた頃が嘘のようだ。

「お店を見たい」「話を聞きたい」、そういう経営者の方々も後を絶たない。

それが美容業界の経営者だけではない。

中には、「うちへ来て社員教育をしてほしい」という声まで上がっている。最初は笑っていたが、最近ではその類いの声に応えるためのコンサルティング業務の準備にも入っている。

「武士道」と「組織行動」の教育が、これほどまでに大きな成果を上げるとは。

「武士道」教育で、礼節と人生観を、「組織行動」教育で、真のチームワークを作り上げてきた。美容業界では育ちえなかった優秀な人材が育った。

その美容師さんたちを私は、敬意を表して「サムライスタイリスト」と呼ぶ。

「社長、食事にでも誘ってください。色々なお話が聞きたいです。築城イズムを……ぜひ」

たった今、サムライスタイリストの一人からうれしいメールが入った。私の教育力が、まさしく経営そのものになった。

以上

「武士道」との出合い

えのさん塾入塾の三年前、二〇〇六年秋、毎年開催されている高校時代の同窓会が開かれた。当時、化学を教えていただいた恩師が出席されていた。現在は、某高等学校の校長をしてみえるとのこと。

恩師はひでさんたちにこんな質問をされた。

「今の教育に足りないものは何か？」

皆「う〜ん……」

答えが出ない。

この質問が出た瞬間、ひでさんは答えを直感した。というより、この質問自体が恩師の体を使って天から降りてきたような気がしたのだ。

「武士道です」

恩師の質問に、気負いなく真っ直ぐ答えるひでさん。

「その通り！」

間髪容れず恩師。とてもうれしそうな顔でひでさんの目を見られた。

この時、何となくではあるが、ひでさんは天命を受け取ったような気がした。

「『武士道』を皆さんに伝えなさい」と。

しかし、当時のひでさんには、「武士道」についての知識も興味もほとんどなかった。

数年前、出張先の書店で見つけた新渡戸稲造先生の『武士道』を何気なく一読したきりだった。

そんなことも忘れかけていた三年後の二〇〇九年五月、前出のえのさん塾に途中入塾する。

遅れて入ったひでさんは、皆さんの前で自己紹介をした。氏名、年齢、社名、業種、業態、役職、経営理念やビジョンについて。そして、全く意識をしていなかった言葉が口から出る。

「私は武士道が好きです」

この言葉には自分でも驚いた。

（なぜこんなことを言ってしまったのか？）

恐らく、自分の顕在意識ではなく、潜在意識、いやもっともっと奥にあるハイアーマインドから出てきた言葉ではないかと感じた。

そして、この自己紹介に対して、塾長であるえのさんからのフィードバック。色々とコメントをいただいたが、最後に「『武士道』が気になる。そこに何かあるような気がする。卒業までに分かるといいね」と。

ひでさんこそ、そのフィードバックの言葉が心に残った。

そして、えのさん塾で学んでいくと、自分が根っからの教育者であることに気づく。

両親の期待に応えるために、経営者として生きていく覚悟をしていたので、最初は教育者であることにかなりの抵抗を示していた。しかし、自分の歴史をたどっていくと認めざるを得ない事実が並ぶ。人間というのはおもしろいもので、真実に出合うと、最初は抵抗していても、一旦認めてみると、何とも言えない清々しさを覚え、気持ちがスッキリとするものだ。

こうして、自分が教育者であることを認めた。

そして、塾の総仕上げである合宿中、えのさんからこんなことを言われる。

「ひでさんが教育者として、何を教えていくかだね」

この瞬間から「何を教える?」、このことだけを来る日も来る日も考え続けた。

そして、三年前の恩師との会話、えのさん塾入塾の時のえのさんからのフィードバックを思い出し、たどり着いたのが「武士道」だった。

しかし、この時点では、「『武士道』とは何か?」「何をどう伝えていくのか?」と言った具体的なものは何もなかった。不思議なもので、あの究極の論理的思考をするえのさんが、「私は武士道を教えていきます」と伝えると、何の質問も反論もなく、「ひでさんがスッキリしていればいいよ」と卒業スピーチと卒業の約束に合格をくれた。その瞬間、理論を超えた本物と出合えた気がした。

プログラムの誕生

「私は教育者。青経塾でゼミをやろう」

では、「何を教えるか?」その答えは明確だった。

「武士道を教える」

えのさん塾卒業の時、そう決めた。

青経塾ゼミは、最初の現役と言われる三年間を修了し、卒業した塾生だけが入ることができるゼミ長を中心とした勉強会である。ゼミ生の年齢も職業も、所属する塾の年度も期も様々。当時、実務、知識、自己啓発、音楽、スポーツなど様々なジャンルのゼミが五十ほどあったと記憶する。塾生本人が、その中のいくつかを希望して入ゼミする。ひでさんのゼミには、十四名の塾生が申し込んでくれた。本当にうれしかった。その時の気持ちは今でも忘れない。

そして、「ひでさんゼミ　経営者の武士道」が誕生する。

しかし、この時点では、ゼミの目的や一年後のゴールのイメージ、次第など一切決まっていなかった。完璧な準備をして臨むそれまでのひでさんには、考えられないことだった。ひでさんには珍しく、「予め決めてかかるのではなく、意図を持たず、集まってきた人たちに合わせて進んでいこう。進みながら修正していけばいい」、そう思っていた。ひでさんにとって、初めて「意図」を捨てた「挑戦」が始まった。

ゼミ初日が近づいてくる。さすがに何も準備をしないまま当日を迎えるわけにはいかない。そう思い、まずは、講義をしようと考えた。しかし、「武士道」の講義などしたことがない。何年か前に購入した『武士道』を引っ張り出して目次に目を通す。「第一章　武士道とは何か」「第二章　武士道の源をさぐる」、その後に、「義」「勇」「仁」「礼」「誠」

「名誉」「忠義」と続く。「これを一つずつやっていくか。そうすると、全七回、一年弱のゼミ開催期間であればちょうどいい」と中身を読む前にあっさりと決めた。

そして、「第三章　義」を何度も読み、講義を組み立てる。講義の所要時間はせいぜい二十分ほど。さすがにそれではゼミにならない。では、講義の後に、ゼミ生に考えてもらう時間を作ろう。彼らが日頃考える機会がないようなことがいい。

「何を考えてもらうか」

これがなかなか出てこなかった。考えても、考えても、考えても……。

実は、このゼミ生に取り組んでもらうための問い（ゼミではプログラムと呼ぶ）を見つけるのには、毎回相当な産みの苦しみを味わった。この第一回のテーマ「義」のプログラムも、開催前日の夜、やっと出てきた。というより、天から降りてきたと感じた。ずっと考えていると、ある時ふと降りてくる。

実は、すべてのプログラムがそうして生まれた。ほとんどの場合、前日、または当日、ふと降りてくる。しかも、その降りてきたプログラムは自分で言うのもなんだが、なかなかのもの。とてもひでさんが自分で考えたとは思えない。真剣に、真剣に、真剣に考えた時、天は力を貸してくれるのだと何度も実感した。人は、心が整えば、天と通じることができるのかも知れない。この体験から、ひでさんはそう思うようになった。

ゼミ生の〝声〟から生まれたひでさんゼミ

そして、二〇一〇年十一月、初めてのひでさんゼミがスタートする。オリエンテーションの後、自己紹介、ひでさんの講義、プログラムの考察、各自の発表、全員からのフィードバック。独特の空気が醸し出される。心地よい緊張感がある。部屋の空気が一つになる。

「ここに集まってきてくれたゼミ生たちは、皆、本当に真剣なのだ」

そして、心が動いた。

その日のゼミが終わり、心地よい疲れの中で考えた。

（私のもとでこんなに真剣に勉強をしようとしてくれるゼミ生たちのために、他に何かできることはないだろうか？）

そして、彼らが何を欲しているのかを知りたくて、まずは全員の個人面談をすることにした。そこで分かったことは、次の三点だった。

①誰もが自分のことをもっと知ってほしいと思っているということ
②会社には目標や理念があるが、自分の生き方が分からないということ
③①、②のことを人に相談したことがない（相談しにくい）ということ

この個人面談の結果得た三点の気づきにより、ひでさんゼミのあり方と目的がはっきりと決まった。

そして、これならひでさんにも貢献できる、そう感じた。

そこで、すぐにプログラムに反映、「私の履歴」と題した自分史を発表してもらうことにしたのだ。そして、一年後のゴールもおぼろげながら見えてきた。「ゼミ生全員が自分の生き方を見つけること」。

こうして、ゼミ生の〝声〟から生まれたひでさんゼミの歴史の幕が切って落とされた。

しかし、この時のひでさんには、ひでさんゼミがこの後、思いもよらないほどの大きな広がりを見せ、多くの人の人生に影響を与えるようになるとは想像もできなかった。

ひでさん流武士道、ここに完成

二〇一〇年に発足したひでさんゼミ一期は、翌二〇一一年八月に無事感動の卒業発表会を終えた。ひでさんが、当初想像していた以上のレベルの高いゴールとなり、共に涙し、共に喜んだ。

そして、同年十一月に二期がスタート。

「二期でも、一期と同じことしかしない。だから、二期には申し込まないで」

ひでさんは一期の卒業生たちにそう伝えていた。しかし、ふたを開けてみれば、驚いたことに一期を卒業したゼミ生たちがほぼ全員二期にも申し込んでくれていた。驚くと同時に、このゼミの価値が認められたようで本当にうれしかった。おかげで、新規の申し込みメンバーと合わせると、ほぼ二倍のゼミ生数になった。

二期も順調に立ち上がり、一期の時の反省を踏まえながら修正しつつ進んでいった。そして、二〇一二年八月には、二期も卒業。同年十一月には、三期がスタートした。

しかし、その三期のメンバーのリストを見て一抹の不安を感じた。なぜならば、名前を見て、顔が思い浮かべられるゼミ生がほとんどいなかったからだ。三期にして初めての体験だった。しかし、二年の経験と実績は、知らず知らずのうちに、ひでさんに新たな能力と自信を付けさせてくれていた。時折、なぜか自分の力以上の力が出てくることを感じていたからだ。

（これも、天の力か）

そう感じることが多くなっていた。

そして、三期のゼミも後半に入った頃、一期の卒業生が訪ねてきてこう言った。

「うちの社員にも、私が受けたような教育を受けさせることはできませんか？」

この一言から、「幹部の武士道（通称・幹武士）」が誕生する。

今までは無料奉仕のボランティアのゼミ。しかし、幹武士は一般向けの有料セミナー。もっとレベルを上げ、汎用性の高い教育内容と高い着地が必要とされる。

結果的には、この時抱いたレベルアップへの緊張感が、当初、すでに後半に入っていたひでさんゼミ三期の卒業レベルをぐっと引き上げることになる。

今でも忘れない。三期の卒業発表が終わり、打ち上げパーティーへ向かう車中での二期生の言葉を。

「ひでさん、すごく悔しい。三期の人たちの卒業は良過ぎるでしょう。うらやまし過ぎる。自分たちの時も良かったけど、三期の卒業は素晴らし過ぎる」

この一言を聞いた時、「してやったり。ひでさん流武士道第一段階は、これでほぼ完成」。そう確信した。

ひでさんゼミナール「幹部の武士道」一期スタート

こうして、二〇一三年九月、「幹部の武士道（通称・幹武士）」一期がスタートする。

総勢十二名での船出、さすがのひでさんも少し緊張した。なぜならば、ほぼ初対面のメンバーであったし、経営者以外にこの「ひでさん流武士道」のセミナーを講ずるのは初めてだったからだ。しかし、この時も、「進めながら彼らに合わせて修正していけばいい。

とにかく、強引にこちらのペースに引き込まないこと。『彼らの幸せのため』『彼らを参加させてくれた社長たちのため、その会社のため』という動機で行動しよう。そうすれば、必ず結果はついてくる」そう自分に言い聞かせていた。

スタートしてみると、やはり多少の紆余曲折はあった。青経塾ゼミとは違い、まずひでさんのことを知っているゼミ生が少ないからだ。

ひでさんに対する信用がない。まずは、それを得ること。そう感じた。

信用は、すぐには得られない。日々真摯に取り組むしかない。そう感じ、青経塾ゼミの何倍もゆっくり、じっくり、丁寧に進んでいった。

そんな中、最初の二回の講義を欠席し、三度目の講義に初めて参加したゼミ生がいた。このゼミ生は、比較的多くの経営者の勉強会やセミナー、講演会に参加しており、いわゆる「セミナー慣れした」会社の幹部だった。

三度目の講義が終わり、懇親会が終了、そして解散した直後、彼がひでさんのもとに駆け寄ってきた。

「ひでさん、この会は本当に今日で三回目ですか？　たった三回でこんな雰囲気になるものなんですか？　今までたくさんの勉強会や経営者の組織に参加してきましたが、三回目でこんな雰囲気になることはあり得ません。どうしたらこんなことができるのでしょう？」と驚いたような顔で言った。

ひでさんはうれしかった。「そんなにいい雰囲気になっているんだ」と。渦中にいると分からないことを彼に気づかせてもらった。「こう考えると、遅れて参加する人にやきもきするばかりではなく、こういう人の役目もあるんだな」と考えることができ、改めて「彼らに合わせていこう」、そう思うことができた。

こうして、ひでさんを知らないゼミ生、経営者ではないゼミ生、そういうゼミ生たちから多くの気づきをいただいた。そんな中でも、次に挙げる「なるほど」と思わされる、多くのゼミ生に共通する認識と体験に気づかされた。

①自社の社長とひでさんが密接につながっており、ゼミ生の言動がすべて自社の社長に筒抜けであると思い込んでいること（会社が推薦するセミナーはそういうものだという認識）

②彼らのほとんどが、上司である社長との過去のやり取りで深く傷ついているということ

①は、時間と共に解消されていくが、②は根深い。根深い前になかなか顕在化しない。顕在化させるためには、やはり①を解決し、ひでさんが信用されること。

しかし、この武士道のプログラムの前には、②も大した問題ではなかった。プログラムを進めていくうちに、②も顕在化せざるを得なくなる。手前みそだが、この武士道のプロ

グラムのすごさはそこにあると幹武士一期で感じた。やはり、このプログラムは、天からいただいたものだ。

「ひでさん流武士道」の卒業

こうして、若干の懸念を抱きながらもスタートした「幹部の武士道」一期は、二〇一四年五月、無事卒業発表の日を迎える。ゼミ生の会社の社長や同僚、ご家族の見守る中、たった一五〇〇字、普通に朗読すれば三、四分ほどの作文を読み上げる。今までに見たことのないようなさわやかな笑顔で朗読するゼミ生、今までになく真剣な面持ちで読み上げるゼミ生、そんな中、半分くらいのゼミ生が作文を読みながら涙する。

中には、あふれる涙が抑えきれず、朗読が中断するゼミ生も。そんな時、同期ゼミ生もひでさんも一緒に涙している。その涙の背景を知っているから。そして、上司である社長や同僚や家族、時には、全く初対面のゲストの方まで涙する。その人の人生の背景を作文やゼミ生の姿から感じ取るからなのだろう。会場が涙でいっぱいになる。

しかし、実はこのゼミ生たちは、ここに至るまでにもう何度も作文を書きながら泣いている。お互いのやり取りの中で、何度も。人は、本物に出合うと泣けるものなのだ。

そして、作文完成間際のひでさんを交えての最終ミーティング。ここでも、涙するゼミ生が多い。中には、大粒の涙を流し、言葉が出なくなるゼミ生もいる。ここで、過去のすべてが今とつながり、自分という人間がハッキリと見えてくる。そして、自分を認めることができ、自分を愛することができるようになる。彼らが潜在的に欲しかったもの、それをここで手にする。

これが、「ひでさん流武士道」の卒業なのだ。

「日本一」父の夢は叶った

人形業界、最終段階

一方で、二〇〇九年、えのさん塾へ入塾した年、人形業界が「最終段階」に入ったと感じた。ここで言う「最終段階」とは、トップが一般的にトップに相応しい所得を取り、従業員たちに恥ずかしくない給与を支払い、なおかつ有事に備えられるだけの利益と再投資に必要な利益を出せなくなる段階と捉えていただきたい。分かり易く言えば、掛けた労力とお金に相応しい見返りがない状態を言う。

この時、「恐らく、リミットはあと五年だろう」、そう思った。

そして、「理想はあと三年で撤退すること。そうすれば、スムーズに事が運ぶ」と。

ここで言う「スムーズに」というのは、業界全体がまだまだ先行きを楽観しており、取引先各社が当社の「撤退」を事前に疑うこともなく、また、当社が撤退することが明るみに出ても、その人形製造事業を「譲ってほしい」と複数の企業が手を上げ、雇用や顧客、仕入れ先を守ることができる状態を言う。

そのためには、もう一本の柱である美容事業を三年以内に育てる必要がある。二〇〇九年当時には、まだ二店舗であったからだ。「あと三年で最低四店舗、できれば五店舗にしたい」。そう考えた。

しかし、そう都合よく物件が出るものではなかった。待つこと一年十か月、待望の物件が出た。待ちに待った出店なので多少の懸念がありながらも飛びついた。出店を焦っていたのだ。案の定、この三店舗目の業績は伸び悩んだ。そんな中、新たに二つの物件が出た。迷わず出店を決意。これで合計五店舗。人形事業からの撤退を意識し始めて三年六か月経過していたが、二〇一二年一一月、店舗数だけは目標に届いた。

撤退を決意

美容室が五店舗になったその翌年、二〇一三年のゴールデンウィーク、前年二月に新築したばかりの自宅のダイニングで、暖かな朝の日差しに目をやりながらふと思った。

（人形、やめるか）

「恐らく、リミットはあと五年だろう。理想はあと三年」、そう思った日から早四年が過ぎていた。

毎年ゴールデンウィークには、翌期の戦略、戦術、それに伴う新商品の構想がほとんど出来上がっている。しかし、この年はそれらの構想がほとんど何もできていなかった。恥ずかしながら「打つ手」を思いつかなかったのだ。どんな手を考えても、どこかの段階で大きな壁にぶつかり無理が生じる。その壁を乗り越える手立てがあるとしても、乗り越えた時のメリットより、乗り越えるためのリスクの方が大きい。つまり、ハイリスク・ローリターン、困難を乗り越えるメリットが見えてこないのだ。しかも、中長期で考えれば考えるほど、デメリットの方が大きいことに気づく。

「もはや、この事業を続ける意味はない」

そう確信した。しかし、まだ思うように美容事業が育っていない。

「やめて飯が食えるのか（自分の給料が取れるのか）？」

どう考えても、その時点での答えは「否」であった。人形事業撤退を意識してから出店した三店舗の業績が悪過ぎる。しかし、これ以上美容事業の立て直しと成長を待つわけにはいかない。なぜならば、時が経てば経つほど、人形製造事業からの撤退リスクは大きくなるからだ。

「今しかない。今、決めてもまだ一年もある」

そう腹を決め、まずは妻に告げた。その日から、一年後の撤退に向けての計画が頭を駆け巡った。

日本一「俺の夢は叶った」

ゴールデンウィークが終わり、通常業務がスタートした。早速、当時のナンバー2であった統括部長を呼び、今期で人形事業を撤退する旨を伝えた。統括部長は、それほど驚いた様子もなく、黙ってひでさんの話を聞いてくれた。内心、将来に対する不安や撤退に対する反論もあったと思うが。

その日から、妻も含め三人で秘密裏に撤退への計画を練っていった。不思議なもので、撤退の腹は決まっているのに、ふと気づくと頭の中では「どうにかして人形事業を残せないものか」と何度もシミュレーションをしている自分がいる。父から譲り受けて、長年やってきた人形事業という「本業」がしっかりと頭にこびりついているのだろう。

ちなみに、「本業をやめるのは寂しくないか？」「よくやめられましたね？」と言われるが、ひでさんの中には寂しさなどは微塵もない。なぜならば、人形事業は父の仕事であり、ひでさんはその事業を若くして亡くなった父の代わりにやってきた。つまり、父の人生をひでさんが代わって生きてきたと解釈しているからだ。

そう思えるのには訳がある。えのさん塾で学んでいる当時、妻にある質問をした。

「親父はいつも『日本一になる』と言っていたけど、何の日本一を目指していたのかな？」

すると、妻は即座に答えた。

「開発力でしょう。だって、いつも『ライバルたちに真似されるような商品を作りたい』って言っていたよね」

その回答を聞き、目から鱗が落ちた。そして、その瞬間、父の声が聞こえた気がした。

「杉戸は開発力日本一の甲冑メーカーになった。本当によくやってくれた。俺の夢は叶った。だから、もういいよ。自分の人生を生きなさい」と。

当時、日本中で売られていた五月人形の半分以上が、明らかに当社の商品を真似て作られたものだったからだ。

「最近売れている商品のほとんどが杉戸の真似だ」「杉戸は先見性がある」「この開発は天才的」……。

そういえば、当時、こんなうれしいお言葉を全国の人形問屋や小売店からいただいていたことを思い出す。気分がよかった。きっと、天国の父にも聞こえていたはずだ。

二〇一四年七月三十一日、杉戸株式会社、五月人形製造業より撤退。ひでさん五十三歳と六か月、暑い、暑い夏の日だった。

ひでさんと学ぶ武士道ゼミとは

武士道ゼミの主題とポイント、ゼミの歴史について、青経塾ひでさんゼミ第一期から関わる事務局カホリンが、ひでさんへのインタビュー形式でご紹介します（以下、「カホ」はカホリン、「ひで」はひでさんのこと）。

■ゼミのアジェンダ

カホ　まずは、ゼミのスケジュール、次第を教えてください。

ひで　オリエンテーションから卒業発表まで約十か月、その間に七回のゼミがあります。毎回、「義」「勇」「仁」「礼」「誠」「名誉」「忠義」とテーマが決まっており、そのテーマについて皆で学びます。

　その毎回のゼミの次第は、次のようになっています。まずは、ゼミの前半部分のご紹介です。

前回の
振り返り
・仕事モードからゼミモードへの切り替え
講義
・その日のテーマに沿った20分の集中講義
個人考察
・プログラム（取り組む課題）に沿って自分との対峙
グループシェア
・3人1組で各自が出した回答をシェア
発表
・各グループの代表者が回答を発表。全員からフィードバック

ひで　毎回、ゼミは【前回の振り返り】からスタートします。「前回の振り返り」とは、文字通り、前回のゼミでの学びを各々が振り返り、発表することです。一人当たりの所要時間は約一分。そのたった一分で、見事に表情が変わります。なぜならば、各々の発言により、お互いに前回の緊張感や感情を思い出すからです。

人はやり方によっては、一分でモードを切り替えることができます。会社でいう朝礼のようなものですね。皆、仕事から直接ゼミに参加するため、頭の中が仕事モードになっている。それをゼミモードに切り替えるわけです。

すると、摩訶不思議、この「前回の振り返り」が終わる頃には、全員がゼミモードになり、最初に演台から見た時の顔つきとは変わっています。

そして、モードが変わったところで【講義】に入ります。

前置きをせず、いきなり講義に入る。せっかくモードが変わったので、また切り替わらないうちに始めます。

講義は毎回約二十分。人は二十分なら、一息で集中できますから。なるべく余談は挟まず、伝えたいことをギュッと二十分内に集約し、一気に伝えます。「せっかくの講義が二十分では短い」という方がいますが、じっくり伝えれば一時間以上かかることを、敢えて人が集中できるであろう二十分という時間に集約しています。

そして、本日のプログラム（取り組む課題）を伝えます。

ここで、初めて【考察】モードに変わります。最初の五分は自分だけで考察する時間です。つまり自分に問いかけ、自分と対峙する時間。そして、次の十五分は三人一組のグループシェアです。各自が自分の導き出した答えをグループ内で発表します。もちろん、共感や反論、アドバイス、何でもありです。

続いて、全員の前での【発表】へ移ります。

時間の関係で、全員の発表はできませんので、各グループから一名代表を選んで発表していただきます。自分と向き合って出した答え、そして、グループシェアで導き出した答えを全員の前で発表します。

発表は、短く、簡潔に、分かり易く。一人当たりの発表時間はせいぜい一分です。これも訓練の一つ。ゼミがスタートした当初は、ダラダラと話をする人もいますが、不思議なことに回を重ねるごとに、短くなっていきます。

そして、その発表に対して、全員が【フィードバック】します。

ちなみに、【フィードバック】とは、心理学・教育学用語で、行動や反応をその結果を参考にして修正し、より適切なものにしていくための仕組みです。というとなんだか難しいのですが、感じたことをそのまま伝えることです。

フィードバックで大切なのは、「違和感を大切にする」こと。そう皆さんに伝えています。論理的でなくてもいい。あなたの心に残ったこと、湧いてきたことをそのまま言葉で表現してほしいと。

発表した人は、フィードバックで様々なことを感じ、受け取ります。時には、あからさまに拒否の態度を取る方もあります。しかし、そのすべての反応に、この人がどんな人物であるのかを紐解く鍵があります。隠そうとすればするほど、表情や態度に表れるものです。

そして、隠せば隠すほど、自分の発表に対する相手のフィードバックが冴えを失います。つまり、自分が気づいたり、成長したりするヒントが受け取れないわけです。発表者が、隠せば隠すほど、相手が閃かず、結局は自分が欲しいもの（自分はどういう人間かということ）が受け取れなくなります。

なぜならば、あなたの動機に相手が気づき、その動機が相手の感性を鈍らせるからなんです。この場合の発表者の動機とは、例えば「本当のことを言ったら馬鹿にされるんじゃないか」「嫌われるんじゃないか」「評価が下がるんじゃないか」というような自分を守るためのものである場合が圧倒的に多いようです。

ここまでが前半、次に後半部分をご紹介します。

後半は、一日二名の【私の履歴】の発表。各々自分の歴史を二十分間語っていただきます。終了後は、ゼミ生からのフィードバックがあります。語る内容は、本人の判断に任せ、「自分が伝えたいことだけを伝えてくれればいい」と言っています。

この「私の履歴」で、各々のことがかなり見えてきますね。平素の行動や発言の理由や動機、思考パターンなどが分かったりします。「人生本番のステージ」に直結するのです。ですから、この「私の履歴」という企画は、うちのゼミになくてはならないものですね。

■重要だが、緊急ではないこと

カホ　「人生本番のステージ」があるならば、「是非そこに立ちたい！」と願うのは自然な感覚だと思いますが、多くの人が叶わずにいるのはなぜだと思われますか？

ひで　それはまず、ほとんどの人が「人生本番のステージ」があることを知らないからでしょう。そして、「ある」と聞いても、信じない人が多いから。半ば信じたとしても、そのことに緊急性がないからでしょう。

身の回りに起こっていることは、四つの種類に分けられます。

①重要で緊急なこと

重要で、かつ緊急なことは、誰もがまず放置はしない。したがって、常識的な考え方ができる人であれば、慎重、かつ最優先で処理される。

②重要ではないが緊急なこと

重要ではないが緊急なことも、放置する可能性は低い。なぜならば、緊急であることに加え、重要ではないので割と気楽に取り組めるから。

③重要でもなく緊急でもないこと

重要でもなく緊急でもないことは放置しても可。手を付けなくても、人生に大きな影響を与えないから。但し、ここに「好きなこと」が入ってくると、手をつけたくなるので要注意。手をつけると時間を浪費します。

そして、

④重要だが緊急でないこと

重要だが緊急でないことは、重要だと分かってはいるが、緊急ではないのでなかなか手がつけられない。手をつけなくても、時は大過なく過ぎるのが特徴。誰もが心のどこかで「いつかは時間を作って集中的に取り組みたい」と思っている。しかし、その「いつか」は決めない限り、または外部からの力によって強制されない限り来ることはない。

「人生本番のステージを見つける」ことは、この「重要だが緊急ではないこと」。だから、多くの人が後回しにしてしまう。

その結果、心のどこかで引っ掛かりながらも放置し、スッキリしない時間を過ごしてしまう。そして、ほとんどの人が、そのまま人生を終えるのではないかと思います。とても残念なことですね。

■人生は二つの時間に分類される

カホ　そもそも「人生本番のステージ」とはどのようなものなのでしょうか。

ひで　人生は二つの時間に分けられると考えています。

一つは、「人生本番のステージ」に上がってからの時間。

そして、もう一つは、人生本番のステージに上がるための「トレーニング期間」。

こういう話をすると、ほとんどの人が「今、私はトレーニング期間だ」と答える。なぜならば、今、自分が人生本番のステージに上がっているとはとても思えないから。というより、思いたくないからね。

「そんな実感はない。そんな充実感はない。これが人生本番のステージなら、あまりに自分の人生はむなし過ぎる。きっとこの先に本番のステージがあるはずだ」と。

今、自分が人生本番のステージに上がっていないことを確認すると同時に、未来に少しだけ希望を見出すのだと思う。私がそうだったように。

カホ　よく分かります。

ひで　しかし、いつまでたっても本番のステージが見つからないと半ばあきらめてしまい、「人の一生なんてこんなもの。こうやって人は老いていく。そして、朽ちていく。それが人生というものだ」と考えるようになります。「それはなんと惜しいことだろう」と思うんですよね。

人は皆、何かの才能を持たされてこの世の中に生まれてきたはず。

いわば、【人は誰しも何かの天才】であるはずです。その才能に気づかずに生きて、そして死んでいくのはあまりにも惜しい。皆が、その才能に気づき、生き生きと自分の人生本番のステージを生きたとしたら、この社会はもっと素晴らしいものになる。

大げさな言い方かも知れないけれど、世の中の犯罪は半分以下になると、私は真剣に思っています。だからこそ、一人でも多くの人に人生本番のステージを見つけ、そこに上がってほしいんです。


そして、その「ステージ」を、本人や仲間たちと一緒に見つけてあげられる才能が、少なからず私にはあると思っています。

それこそが、私が天から与えられた才能なのだと信じている。その想いはゼミを通じて一層強くなり、これが、この本を書こうと思った私の動機の一つなんです。

■人は何かの天才

カホ　才能の話がありましたが、「人は何かの天才」と、ひでさんはおっしゃいますね。

ひで　私はそう信じています。

例えば、イチロー選手は野球の天才。本田選手はサッカーの天才。たまたまメジャーなスポーツの天才なので有名になった。同じように、あなたはひょっとして縄跳びの天才かも知れない。縄跳びは一般的にはメジャーなスポーツではないので雑誌やテレビでは話題になり難い。だから、有名になれないかも知れない。

しかし、その才能を活かして、近所の子どもたちを集めて縄跳び教室をしているあなたはとても幸せなのではないかと思う。メジャーリーグの球場でスタンディングオベーションを受けているイチロー選手や、国立競技場で大歓声を浴びている本田選手と何ら変わりはないと思う。

まさに、人生本番のステージを生きている。やっている人も観ている人もワクワクして、うれしくなるし、楽しくなるはずですよね。そして、それは誰にでも起こり得ること。誰にでもきっと同じ幸せを感じられる才能があると私は信じています。

だからこそ、人は希望を持って生きていけるんです。

言い方を変えれば、どんなに「できない」と感じている人からでも必ず学ぶことはあるということ。人は皆、何かの大才なのだから。

カホ　そうだとすると、すべての人がすべての人を認めることができますね。

ひで　おっしゃる通り。そういう人間関係が本来の社会の姿なのかも知れないですね。例えば、社会的地位や人望、そして財産もある立派な人が、一見そういった地位や名誉のなさそうな人の素晴らしい部分を認め、そこに学び、「あなたの才能は素晴らしい」「あなたから学んだ」「勉強になった」、こう伝えたら何が起こるでしょう?

認められた人はきっと喜び、その才能をもっと磨き、人の役に立つものにしていく気がします。褒めてくれた人が立派であればあるほど、その気持ちは強くなるはずですよね。そして、その二人の間には、今まで存在しなかった「対等感」が生まれるだろうと思います。

今まで、もしかしたら無意識に目を向けていなかった人、下に見ていた人からも学べることを知る。相手は何かの天才であることを知る。そして、自分もまた何かの天才であることを知る。すると見える景色が全く変わってくると思います。

■ML（メーリングリスト）はキャッチボールの場　私たちがキャッチボールをするわけ

カホ　ゼミではML（複数の人に同時に電子メールを配信する仕組み）の活用に重きを置いていますよね。

ひで　立ち上げ当初からMLは活用していて、「ML上でのやり取りを疎かにしないで」ということは頻繁に言ってきました。目的は、一か月近くある、ゼミ日とゼミ日の間のモチベーションを保つためです。しかし、続けていくうちに、当初の目的以上の目的を見出すことができたんです。

「できる限り、お互いに、そして自分に真摯に向き合って、真っ直ぐなやり取りをしてほしい」と伝えているのですが、この「お互い」というのは、ゼミ生と私に限ったことではありません。ゼミ生とサポーター（ゼミの卒業経験者で、現役ゼミ生の学びや気づきのサポートをするOBゼミ生）、ゼミ生同士、すべての関係を指していて、そのやりとりの質と量が、ゼミの卒業、つまり人生本番のステージにつながっていると言っても過言ではないんです。
「せっかく、このゼミに来たのだから、ぜひ人生本番のステージに上がってほしい」、私も、サポーターも、皆、心からそう思っています。

しかし、私やサポーターが良き伴走者になるには、やはりゼミ生が「どんな人なのか」を少しずつでも知る必要がある。「私の履歴」で全員一度は自身について語ってもらうものの、月に一度のゼミだけでそれぞれが「どんな人なのか」を知ることは、容易なことではない。そういう意味では、ＭＬでのやり取りはとても有効だと気づいたんです。

発表は、「言った」こと。ＭＬは、「書いた」こと。
文章や文字には、意外に心理が表れるんです。
例えば、発表では歯切れが良かったのに、文章にしたら急に重く感じたりする。そんなことも珍しくないんです。

そして、言ったことは消えていくけれど、書いたことは記録に残る。消すことはできない。ところが、話すことより書くことの方が緊張感を伴わなかったりする。だから、書くことって、結構、本音が見えるものなんです。

そして、MLは言わばキャッチボールの場。

ゼミ生一人ひとりが複数の人とキャッチボールをしている様子を見られる場なんです。皆さんのキャッチボールを見て、その人の球筋を掴む。そして、投球フォームやキャッチングのスタイルを見て、どのポジションに向くのかを見極める。キャッチボールも見られない段階では、その人の特徴が分からず、ポジションは決まらないでしょう。


そしてもう一つ。MLでは「横やり」も歓迎しています。

私とゼミ生、サポーターとゼミ生、ゼミ生同士のやり取りを見ていると感じることが出てきます。その時は遠慮なく「横やりを入れてほしい」と伝えています。

当初二人の間でしていたやり取りに、第三者の意見や感想が加わることで、周囲は新たな視点を得られるし、横やりを入れた人のこともまた知ることができる。一石二鳥というわけです。

発信が積極的であればあるほど、自身の気づき、周りからのフィードバックを得る機会が増えるんです。だから、MLでの積極的な発信は、私にとっても、皆にとっても、とても大切なものなんです。

こうして、ＭＬはうちのゼミになくてはならないコミュニケーションツールになりました。

■サポーターの存在

カホ　ゼミを見ているとサポーターの存在が大きいなと思いますね。

ひで　最初、サポーターができたこと自体不思議でした。一期が終了し、二期が立ち上がる時に、「来期も来てもらってもいいけれど、同じことをするので来なくてもいいよ」と、一期のゼミ生に伝えたんです。同じゼミ費を払っても発言権はない、発表もできないし、フィードバックもしてもらえないからと。

しかし、それでも一期の人たちは二期に申し込んでくれたんです。

これは本当に不思議だったので、実際に再入ゼミした一期の人たちに聞いてみたんです。するとと、皆が口を揃えてこう言いました。

「また元の自分に戻りそうで怖い」「月に一度くらいこの空気に触れていたい」

この言葉を聞いて、卒業生にとって、ゼミでの時間が月に一度のフォローアップの場になっていることが分かったんです。

であるならば、参加するだけでなく、ゼミ生のサポートをお願いしようと思ったわけです。

カホ　サポーターの皆さん、喜んで関わっていますよね。無理することなく、とてもナチュラルに。

ひで　有り難いことですね。しかし、それは先にゴールした人たちの優越感みたいなものではないんですよね。

例えるなら、我が子の徒競走を見守る父や母のような気持ちかなと思います。自分が走るのではないけれど、一緒に走っているくらいの一生懸命さがある。うまくいけば目を細め、うまくいかなければ声をかけ、何とか導こうとする。応援というレベルはとうに超えています。これがゼミでもよく言っている「人の成長に貢献できる喜び」なんだと思う。

「ゼミの運営をチームで行う」という今のひでさんゼミも、それ自体が卒業生のアイディア。ここには、後から来る人が学びやすい環境を整えることのできる才能を持った卒業生もたくさんいるということなんです。

これも、自分の才能を生かす喜び、そして、人の成長に貢献できる喜びだと思います。

■その人の立場になるのではなく、その人そのものになる

カホ　ゼミに長年関わらせていただいていると、本人も気づいていない本人のことをひでさんがズバッと言い当てることに驚くのですが、どうして相手のことがあそこまで分かるのでしょう?

ひで　「その人になる」んです。「その人になりきる」のではなく、「その人になる」。小さくなって、その人の口から体の中に入り、体の内側からその人の大きさになるイメージ。相手サイズのボディスーツを着るというか。

そうやって、「あの人になる」と決めて、日課であるウォーキングをしている時に、その人の過去の出来事や境遇をリアルに感じて、時々歩きながらうれしくってにやけてしまったり、泣けてしまったり……、その人の感情がそのままこみあげてくる。

傍から見たら怖いよね(笑)。

でも、その人になってしまうと自分のことではないのに、その人の感情が湧いてくる。溢れ出してくる。時にはその人以上に。

カホ　たまに、最初のフィードバックではスッキリしないというか、腑に落ちていない表情のゼミ生もいるけれど、何かのきっかけで一度スッと入ると、ドンドン受け取っていきますね。スッキリしていないゼミ生を見てどう感じていますか？

ひで　本人が、私以上に本人でない時があるからね（笑）。

ずっと蓋をしてきた感情や、本人も無意識のうちに記憶から消してしまった出来事や感情もあるから、全員が全員、すべてがすべて、すぐに受け取れないと思う。

でも、その人になって感じた確信があるので、本人の返しがその時点ではスッキリしたものでなくても構わない。時間をかけていいと思うし、時間がかかる場合が多いと思います。

カホ　今までたくさんの「その人になる」ことを実践してきて、印象的だったゼミ生は？

ひで　皆、印象的だった。印象的でない、心に残らない人生なんてなかったと思う。

印象に残るも何も、私はその人そのものになっているのだから。

その人になってみると、やはり不安や悩みがあり、消化されていない過去があることに気づく。それを見つけて、原因や動機を感じ、今と未来につなげていく。このゼミに入ろうと思った人たちのことを、ただただ純粋に知りたいと思います。

「本当のこの人たちを知りたい！」と。

なぜならば、私はその時、「その人」なのだから。人が「自分を知りたい」と思うのは自然な感情だからね。

ただ、どうしても、やはり特別な体験をしてきた人や、極端な不遇を生きてきた人などの人生は印象に残り易い。その人の中にある大きな未消化の化石のようなものをスッキリ溶かしてあげたいと思うし、もっともっと幸せに自分を生きてほしいと思うから。

過去に起きた事実は変えられないが、過去に起きた事実の「意味」は変えてあげられる。その人に成り代わって、天の声を聞いてあげる。

すると、消化した瞬間から顔つきまで変わってしまう人がいる。まるで別人のように。

そんな時は、印象に残るというよりも、貢献できた大きな喜びに浸ることがある。私の貢献心が満たされるのだと思います。

■モチベーションが長持ちする研修

カホ　ゼミに関心がある方にとって気になることの一つに「モチベーションの持続」があると思いますが、そこはどうお感じになられていますか？

ひで　ある経営者の方から、「当社の社員に『幹部のための武士道』を受講させたい。大変失礼な聞き方ですが、一体どれくらいもちますか？　モチベーションはどれくらい持続しますか？」と尋ねられたんです。

初めは、質問の意味が分かりませんでした。

なぜならば、このゼミの卒業生たちは卒業後何年経っても変わらない生き生きとした姿を私に見せてくれていたからです。

「モチベーションの持続」なんて考えたこともなかった。そして、私も、少なくとも五年から十年、うまくいけば一生使えるような考え方、生き方を提供してきたつもりでしたから。

しかし、一般的なセミナーなどの受講後の効果に思いを巡らせてみると、「なるほど！

確かにそれは皆さん気になる点だろうな」と感じました。

私自身も経験していますが、「セミナーから帰って、翌日、もうすでに元に戻っていた」「最初は良かったけど、一週間で戻った」なんてことは珍しくない。きっと、そういうことを気にしているんだろうと感じたんです。

皆さん、経験的に「いいことを学んだとしても、モチベーションはそうそう続くものではない」ということを知っているんですよね。

そこで、私はこう答えました。

「おそらく一生続きます。戻りませんよ。だって、うちのゼミは人を変えるのではなく【本来の自分を取り戻す】ゼミなのだから」と。

一般的にセミナーや研修では「人を変えること」を目的としますよね。「自分を変えたい」「部下を変えたい」と。しかし、変えたら戻ります。これは原理原則ですよね。変えることには意図があるから。無理な力が働くから。それは自然なことでないから戻ってしまうんです。

このゼミでは、人を変えようとはしません。「本来の自分」を取り戻すのです。「本来の自分」に戻れば心地良いはずです。だから、学ぶ前の状態に戻ることはありません。本人が「本来の自分」であることを望む限りは。

いつも私と一緒に学んでくれる強力なサポーターの表現が、とても分かりやすいので、ここで彼の言葉を紹介します。

「人は厳しい社会を自分が傷つかないように生きていくために、たくさんの鎧を身につけるようになる。辛いこと、困難なことが多ければ多いほど、鎧を重ね着する。しかし、ゼミで学ぶと、その鎧を一枚一枚自ら脱いでいく。そして、このゼミの卒業の時には鎧を脱いだ本来の姿になる。すると本来の自分は、すごく軽くて動きやすいことに気づく。だから、もう一度鎧を着ようとは思わない」

うまいこと言いますよね。

カホ　私自身、卒業後も上がり下がりはありますが、それは卒業前に戻ったのとは違うということですね？

ひで　人間ですからね。卒業後も浮き沈みはあります。当然、学んだ後であっても人間ですから落ち込むことも、以前と同じような問題が起きることもあります。

けれど、本来の自分を取り戻した人たちは、自分が陥ってきたクセ、自分の感情の揺れやその整え方、本来の自分への戻り方、水面への浮き上がり方が分かっているので、学ぶ前の「変わらなきゃ」と思っていた時の自分には戻りません。

また、苦しいことやつらいことも「それが人間。それが生きているということ」「これも必然」「天の声」と捉えられるようになる。

容認できる幅が広がり、素直に受け取れるようになるんです。

心の置き所が変わり、自分の考え方や感情をコントロールできるようになるんです。

■過去を見ると生き方のパターンが見える

カホ　ひでさんが、ゼミ生の過去に徹底的にこだわるのはなぜですか？

ひで　その人の「今」は、必ずその人が歩んできた過去の延長線上にあるからです。
ゼミの扉を叩いて来てくれた人たちは皆、自分の「天命」を知りたいと思っている。逆に言えば、今の自分は「天命」に生きていないと感じ、何かしらスッキリしない思いを抱えながら生きている人たちです。

このゼミは、人が天命に気づき、天命に生きた時、人の命はこの上なく喜ぶことを体感する場です。


天命とは、天からの命《めい》。

すなわち、天から与えられたその人の使命。それはすべての人に授けられています。

「自分は何者なのか」を知る鍵は、他でもない、天から与えられた自身の過去に起きた特有の事象にあると私は考えています。ですから、「私の履歴」を語ってもらうんです。

また、同時に、自身の過去を振り返り、語ってもらうことで、その人の生き方のパターンを掴んでいきます。そこで語られることからだけではなく、語られないことにも実に多くの情報が含まれていて、その人の考え方、生き方のパターンを垣間見ることができます。

■動機を変える

カホ　あるゼミ生の作文を読んで、その人の文章から感じられる正直さと思いやりを「苦しいな」って思いました。言っていることは正論なのに、なぜか孤独感を感じた……。

ひで　人は正しさが欲しいわけではないからだと思います。

欲しいのは、幸せ。正しさではないから。

正しさは、人をかえって孤独にする場合がある。

正しさは必要だけど、正しさでは人を幸せにできないことが多いんですよね。

そして、その人はなぜそんなに正しさを大切にしているのか……。その動機が大切ですね。

「誠」や「名誉」で学ぶのがその辺り。大事なのは、本当のことを言うことや、嘘をつかないことではない。大切なのは、その【動機】なのだと。

行為は正しくても、その動機が良くないと、自分の欲しいものは受け取れません。例えば、人からの評価が欲しくて善い行いをする人がいます。

「ありがとう」「素晴らしいですね」と言われているうちは善行も続く。しかし、それが当たり前になって、あまり評価が得られなくなってきた時、結局善行をやめてしまったり、露骨に評価を求めたりするようになる。そうなると、結局、その人の欲しかった評価は手に入りませんよね。

何かを得たいからやる。得るためにやる。ここには意図がある。意図があると、周りの人たちはそれに気づき、警戒してしまいます。だから、動機を見直し、動機を意識的に正し、変えることが大事なんです。

カホ　以前、ひでさんご自身も誤った動機で生きている自分に気づいたと伺いましたが……。

ひで　私は、以前青経塾で、ある大役をいただいていました。

当時、私の年齢でその役を務めていた前例がなく、周囲の期待もあった。それこそ大半の時間と労力をそこに費やしたと言っても過言ではないほど、私はその役に徹していました。

私の仕事ぶりはありがたいことに評価され、トラブルが起きても「彼に任せたら大丈夫」と言っていただけるまでになりました。トラブルが大きければ大きいほど、私の手腕が問われ、解決する度に私の評価は上がりました。

しかし、ある日気づいたのです。

トラブルを探している自分に。

トラブルが起きると「困ったなあ。またか」と言いつつ、心のどこかでトラブルが起きることを無意識に願っているのかも知れないと。だって、トラブルが起きると私の活躍の場ができるんだから。

そんな心の奥底の自分の動機に気づき、ぞっとしました。トラブルを解決するという行為は良いことなのに、動機が正しくないと、トラブルを引き起こしかねないんです。

そう考えると、ほとんどのトラブルは自分の動機が引き起こしているのかも知れませんね。

「引き寄せる」ってこういうことなんでしょうね。

■人として最高の喜び　成長と貢献

カホ　卒業前に、ゼミ生をいくつかのグループに分けるのはなぜですか？

ひで　それは、私がグルーピング効果を感じているからです。

一人ではなくグループで考察する。フィードバックし合う……。

進捗を感じ合い、手を取り合える状況にあるというのは、卒業に向けてとても大きな意味があると思います。

しかし、受ける側だった時（えのさん塾）は、実はピンとこなかった。むしろ、面倒に感じていた。本来は一人で考えたいタイプだし、自立の頂点にいることを自負しているような人間だったので、人に頼ること自体できなかったから。自己承認が低いから、自分のフィードバックや関わりが誰かの役に立つという感覚もなくて。

でも、グループでやることを良いと感じている人たちが周りにいて、グループで私と一緒にやることを楽しんだり、喜んだりしてくれる人たちを見て、「それもありかなぁ」と。それと、自分と同じように悩んでいる人がいて、その悩んでいる人たちと一緒にいる、そして歩んでいける安心感みたいなものもあった。慰め合いではないけれど（笑）。認め合う言葉、否定のない安心感がそこにはあった。

そうした中にいるうちに「先に行かないでね」とか、「一緒に行こう」「先に行っても待っていてね」という、子どもの頃の会話のような正直な、素直な言葉が出てくるようになった。

その言葉を同じグループの仲間が受け取ってくれて、本当に待っていてくれる。言葉を掛けて気遣ってくれる。受け取ってもらえるようになると、そんな自分の「可愛らしさ」をも認められるようになってきた。本来の自分とつながってきたのでしょうね。これも、グループピング効果だと思いました。

あるゼミ生の卒業後の感想文にも、こう書いてあったんです。

「今までは、こういった自分の中にある矛盾などに対し、大した問題ではない、まぁいいか、考えてもムダ、そんな感情が先立ち、考えることから逃げていた。このゼミでも、幾度も投げ出したくなり、逃げ出したい気持ちになった。しかし、仲間の存在というか、他のメンバーが逃げずに向き合っている姿を目の当たりにすると、踏ん張れた。自分もそうなりたいと」

グループで取り組むからこそ生まれる成果は確かにあると感じています。

■ゼミを続けて感じること

カホ　ひでさんゼミはもう十年以上続いていますが、ひでさんご自身はそれをどう感じておられますか?

ひで　今のゼミスタイルができたのは青経塾ゼミの三期。
青経塾ゼミでコツコツやってきたからこそ、今のスタイルがあると思っています。

一期生、二期生は、「築城秀和」に興味があって来た人ばかり。大役を務めていた時期を見てきた人たち。過去になんらかの接点があったりして、お互いある程度は人となりを知っている人が多かった。

ところが、三期生は、ゼミ以前の接点もほとんどなく、会話をするのも初めての人ばかり。中には、会ったことも記憶にないようなゼミ生もいた。今までの二年とは雰囲気が違いました。

この三期生たちは、真面目だった。

提出物も早いし、メールのやり取りも多い。真剣、必死になってくれた。そして、この期に、今では当たり前の卒業の証になっている「三語」（人生のモチーフ、大切にするもの、受け取るもの）が生まれたんです。

卒業の時、何か形になる、目に見えるものを全員に授けたいと考えて。

そして、四期……この年はすごかった。

勧められて入ってきた人が多かったのかも知れないけれど、ちっとも一生懸命じゃない（笑）。

課題は提出しない、メールはほぼ動きがない、情報がない……。

それが一人や二人じゃないんです。でも、それによってサポーターが「大変だ」「どうにかしよう」と一生懸命になってくれたことでグループ、サポーターなどのあり方が整ってきた。そして、あの状況でも、皆に「どストライク」の三語が出せたというのは私の自信につながった。

五期……先の四期を経験し、「どんな状況でも、どんなメンバーでも全部いける！」という自信が持てるようになった。

六期……一気に人数が増え、二つのクラスに分けることになった。

私自身には、不安はなかったが、卒業を経験したゼミ生の一部から、ゼミを二つに分けることへの異論が出た。

「二つに分けたら、今までの一体感が感じられなくなる」と。

当然出てくる意見だと思いました。しかし、私に迷いはありませんでした。

そもそも、このゼミの目的は、ゼミ生同士の交流ではなく、全員が「人生本番のステージ」を見つけることだからです。たとえ同じクラスに所属していなくても、同門で同期であることに、必ず親しみを抱いて、何かの機会に一堂に会すれば、必ず一体感を生み出せると確信していた。

今では当たり前になった振替出席（所属クラスで出席できない講義は、他のクラスでも受けられるという仕組み）も、この年に複数ゼミが立ち上がったことによる産物でした。

カホ　複数のゼミと言いますと、私たち青経塾のひでさんゼミ生とひでさん主催の「幹部のための武士道」のゼミ生は、接する機会が少ないにもかかわらず、どこかでご一緒できるとすぐに打ち解け、和気藹々とやれますよね。

ひで　そうですね。それがまた私のうれしいところです。

「同じ釜の飯を食う」ではないけれど、同門だからね。「共通言語」もあるし、「共通体験」もある。それを確認し合わなくても、お互い知っているから、最初からあまり壁を感じないのだと思う。大都会で同郷の人に会う感じに似ているのかも知れないね。そういう場面を見ると、人と人って「つなげる」ものではなく、「つながる」ものなんだなと実感しますね。

■広げるより広がる

カホ　ひでさんゼミの今後の展開について、お考えになっていること、お感じになっていることがあったら教えていただけますか。

ひで　「つなげる」のではなく「つながる」と同様に、私は「広げる」のではなく「広がる」ものだと思っています。だから、「広がる」ままにと。

「つなげる」「広げる」は自分の意志。意志があるところには、意図が生まれ易い。そして、意図あるところには、操作が生まれる。

つまり、自分以外のものを自分が望むように動かしたり、変えたりしようとします。従って、「広げる」には、無理がある。本来、放っておいては広がりそうもないから、何らかの力をかけて広げようとする。「広げよう」と思った時から葛藤が生まれる。本来広がりそうもないものをコントロールして広げようとするんだから。

例えば、商品。商品があると売り方を考える。

しかし、本来大切なのは、売り方より売り物、つまり商品なんですよね。売れるものなら、無理しなくても売れるはず。

もちろん、告知は必要だが、告知以外の宣伝は必要がないはず。売れないものを無理に売ろうとするから、そこにまた葛藤が生まれる。

世の中で行われている売上を上げるためのセミナーや講習のほとんどが、この「売り方」を教えている気がします。

カホ　「売り方」ではなく「売り物」。それはメーカーの社長だったひでさんらしい視点と表現ですね。

ひで　思想も然り。思想があると広げようと考える。いわゆる布教活動です。そして、商品と同じく「広げ方」を考える。

大切なのは、その「思想」そのもののはずなのにね。

だから、商品、売り物がすべて。売り物が良ければ、広げなくても「広がる」。いい売り物を持っていなければ、探せばいい。人の力を借りればいい。

でも、「広げよう」と思う人に限って、人の作ったものや考えたものを売ろうとしない。人を頼らない。

カホ　なぜでしょう？

ひで　一言でいうと、プライドでしょうね。勝ち負けに拘る発想。人に頼るとダメなやつと思われるから。できないやつだと思われるから。つまり、自分の存在価値がなくなるような気がするから。

結局、自信がないのでしょう。自分の力を信じていないのでしょう。私は、そこが残念でならないんですよね。才能があるのに、力があるのに、自分を信用しようとしない。

自信とは、「自分を信じる」ことだから。そもそも才能も力もなかったら、あなたはこの世の中に生まれてきていないのにね。

カホ　確かに、このゼミは人に「自信」を持たせてくれますよね。ひょっとして、そこが「広がる」ことにつながってくるのでしょうか？

ひで　おっしゃる通り。人は皆、確たる自信が欲しいんだと思う。だから、日々がんばってるんじゃないのかな？

もちろん、人は生きていくための収入が欲しくてがんばってる。そして、その収入を少しでも増やして、いい生活を手に入れようとがんばってる。

しかし、本当に欲しいのは「自信」なんじゃないかって思えるんです。「自信」って目に見えないから、目に見える「お金」や「地位」「生活水準」に置き換えて、取りにいっているんじゃないかと思うんです。

しかし、がんばって、がんばって、がんばって稼いでも、偉くなっても欲しかった「自信」は一向に手に入らない。ほとんどの人が、そういう悪循環に陥っている気がします。

だから、それが手に入ると、人は見る見るうちに変わってくる。変わるというより、それが本来のその人の姿なんですけどね。

その姿を見て、周りの人たちがその変化に気づき、「自分もこうなりたい」と思う。卒業ゼミ生たちも、自信を持って「自分」という人間を生きられることがうれしく、ついついこのゼミを周りの人たちに紹介したくなるんだと思う。有り難いことに。

カホ　言うなれば、卒業ゼミ生たち全員がこのゼミのロールモデルであり、スポークスマンなんですね？

ひで　その通り！

まさしく私がそのことを意識せず、できてきた仕組みです。まさに、「広げる」より「広がる」でしょ。

これ、実は青経塾ゼミ二期が始まった時から感じています。一期の卒業発表が終わった時、卒業ゼミ生に聞かれました。「二期はありますか?」と。

私はこう答えました。

「やるつもりだよ。でも、一期と同じことをするので、来なくていいよ。お金も時間もかかるから」と。そして、二期の募集が始まり、集まったゼミ生名簿を見てびっくり。なんと一期のゼミ生十四名のうち、十三名が二期に申し込んでくれていたんです。もちろん、新ゼミ生も制限も宣伝もしていないのにピッタリ十四名。

いきなり、約二倍の人数になりました。

一期のゼミ生曰く、「昨年一年間、このゼミに通わせてもらってとても気持ちよく過ごせた。月に一度この空気に触れていないとゼミに入る前の自分に戻ってしまいそうな気がする」と。

この言葉は本当にうれしかった。そして、自信がつきました。一期のゼミ生たちに、このゼミの価値を教えてもらったような気がしました。

そして、二期も無事卒業し、三期の募集が終了。

その名簿を見てまたびっくり。一期のゼミ生が半分残り、二期のゼミ生が十三名、そして、また新ゼミ生が十四名。一期の約二・五倍の人数になった。

そして、三期のゼミ期間中に一期のゼミ生からこんな要請がありました。

「自分が受けた教育と同じような教育を、うちの部下にも受けさせられませんか?」と。

そこで、始まったのが「幹部のための武士道」(以下、幹武士)一期なんです。ですから、青経塾ゼミ三期と幹武士一期は同年スタート。

このことが、青経塾ゼミ三期の卒業の質を格段に上げるきっかけになりました。

なぜなら、幹武士は有料でやるわけですから、いい加減なことはできない。その幹武士一期の卒業をイメージして、青経塾ゼミ三期に取り組んだわけです。ですから、三期から卒業生全員に「三語」を与えるようになりました。おかげで、卒業作文の質も格段に上がった。三期のゼミ生はラッキーでしたね(笑)。

言うなれば、三期がゼミの第二創業期かもしれません。

そして、幹武士三期の卒業寸前、ある方からこう言われた。

「幹武士が面白いので、今度は『経武士』をやりませんか？　つまり、経営者版です」

これもうれしかったですね。やはり「武士道セミナー」の価値が認められたようで。そして、経武士が始まり、今は幹武士と併合して「武士道ゼミ」として今も続いています。

こうしてお話をしていて私自身が気づくのですが、本当に「広げ」なくても「広がる」ものなんですよね。

リピートする企業が多いんです。

卒業発表の後、「ひでさん、来期は当社から一人出しますので、一枠空けておいてくださいね」と言われる。こんなうれしいことを言ってくれるゼミ生が毎期何人もいます。

そして、私も最初は驚いたんですが、中には、このゼミを二度受講する人も出てきています。

ですから、このゼミの価値を卒業生や周りの方々から教えてもらっています。有り難いですね。本当に。

■ひでさんゼミの卒業に何があるのか

カホ　卒業発表の時、多くの方が自分の卒業に涙し、泣かないまでも感動に震えながら発表する姿を何人も見てきました。ひでさんゼミの卒業には何があるのでしょう?

ひで　繰り返しになりますが、そこにはやはり「人生本番のステージ」への階段があります。卒業前に手にする【三語】を持って、人生本番のステージに上がるんです。

【三語】とは、三つの言葉。人生の「モチーフ（主題）」、そのモチーフを生きる時に「大切にするもの（こと）」、そして最後に、大切にするものを大切にして、そのモチーフを生きた時、「受け取れるもの」です。

これを言葉にします。ほとんどの場合、よくある言葉なのですが、本人にとっては珠玉の言葉になります。中には、この三語に出合った瞬間に泣き崩れる人もいます。この三語が、その人の生き方そのものを表しているからです。

例えば、私の場合、モチーフは「教育」、大切にするものは「正直」、受け取るものは

「一体感」です。私の生き方をこの三語を使って文章にすると、「ひでさんは、『教育』というモチーフを、『正直』さを大切に生きていくと、『一体感』を受け取れる」となります。これが、私の人生本番のステージを如実に表しています。今では、これ以外に私の生き方を表せる言葉はないと思っています。

その三語を、卒業作文の第三章に書くことによって、その作文は完成します。

卒業作文のタイトルは「我、今、思う」。

第一章には「今までの自分」、第二章には「このゼミで学んだこと」、第三章には「これからの自分」を書きます。全文で一五〇〇文字程度、読み上げて三、四分程度の短い作文です。

しかし、この一五〇〇文字に自分の人生のすべてをぶち込みます。その作文を天に向けて読むことで、ひでさんゼミの「卒業」とします。

そして、卒業の時には、この【三語】をもって本来の自分に戻る。今まで着ていた重い鎧を脱いだ本来の身軽な自分。自分自身を認め、相手を認められる自分。

「あんなことがあったからこそ今の自分がいる」と過去に起こったことの意味を変えられ

た自分。その過去に学び、未来を見つけ、今を生きる自分がそこにいます。卒業生のほとんどが、「まるで生まれ変わったようだ」と言ってくれます。

人の喜びは、突き詰めてしまうと二つしかないですね。
一つは、自分の成長。自分が成長したと自覚できた時の喜びです。
そして、もう一つは、人の成長に貢献した時の喜び。子どもに一生懸命言葉を教えて、「ママ」「パパ」と初めて子どもが言えた時の親の喜びのようなものです。

このゼミには、間違いなくこの二つの喜びがあります。この二つが同時に体験できる場は、恐らくそんなにないのではないかと思います。ゼミ生同士が真摯に向き合い、ゼミ長である私やサポーターもまたそれに真摯に向き合い、寄り添うからこそ味わえる喜びです。
この十か月を通して、サポーターも私自身も成長し、ゼミ生の成長に貢献させてもらっています。まさに、「与えることは受け取ること」なんですね。これを実感しています。

カホ　卒業後、または人によっては、ほぼ同時進行で他のコーチング研修や自己啓発系のセミナーを受講する人もありますが、ひでさんはやりづらくないですか？

ひで　はじめのうちは全く気にならなかったと言えば嘘になります。むしろ、気になりまくっていました（笑）。比べられるのでは……という気持ちもあったと思います。

でも、今は近い間柄にあるコーチ、教育に携わる者同士、とても良い関係が構築できていると思っています。

つまり、「誰がゴール（＝幸せ）へ伴走するか」ではなく「その人の幸せ」自体が大切だということです。

人はより幸せを願うものですよね。私のゼミを受講した後も、他で学ぶということは、ここで百パーセントの満足ができなかったということではなく、「人はより良くなりたい」「より幸せに生きたい」と願うものなので、私はその前段階を担当したんだと思っています。

つまり、その人の向上心に火をつける役目を果たしたと。だって、百パーセント以上の満足ってあってもいいですもんね。

逆も然り。他のコーチや講師が伝えきれなかったことを私がカバーする。前の教育機関で十分満足してうちへ来た人たちにも、それ以上の満足を与える。前段階をやってくれたからこそ、到達できる領域があるんです。

だから、教える側、導く側の順番はどちらでもいい。与えられたチャンスに最大限の貢献をするのみ。暗黙の役割分担ですね。

あるコーチが、こんな言葉で表現してくれました。
「私のクラスとひでさんのゼミは、入り口が違うだけで、中でつながっているコネクティングルームだよね。中で皆が行ったり来たりしている」と。
この言葉を聞いた時、このコーチの目的と私のゼミの目的は、同じなんだと。「その人の幸せ」そのものなんだと改めて思いました。

カホ　その「ひでさんゼミの目的」について、もう少し聞かせてください。

ひで　このインタビューの「効果が長続きする研修」というところでも述べましたけど、ほとんどのセミナーが企業のトップからの要請で、派遣した社員をその企業に都合の良い思想に変えることを目的としています。だって、そうしないとリピートしないから。
しかし、前にも述べたように、「人は無理に変えたら、元に戻る」もの。結局、研修効果は長続きしない。かくして、研修し続けなければならなくなる（笑）。

しかし、このゼミは、人を無理には変えません。
本来のその人を取り戻してもらうだけ。気持ちよく生きられる生き方を手に入れてもらうことが目的。つまり、「その人の幸せ」を目的としている。

こうして、ひでさんゼミが続き、リピート企業が多いのも、本人の幸せが仕事のモチベーションにつながると感じてくれているトップが少なからずいるということだと思います。
大袈裟に言えば、皆が自分の生き方を見つけて幸せな人生を歩めたら、自分の会社どころか、もっともっとこの国はいい国になると思うから。

カホ　そういう意味では、ぜひ企業のトップや幹部の方々に、このゼミを受けてほしいですね。
本日は、ありがとうございました。

以上

ひでさんとの忘れられないやり取り

三つの武士道ゼミ（青経塾ひでさんゼミ「経営者の武士道」、ひでさんゼミナール「幹部のための武士道」、同じく「経営者のための武士道」）の卒業生の皆さんから、「忘れられないひでさんとのやり取り」と題して、投稿していただいた文章をご紹介させていただきます。

その一　青経塾ひでさんゼミ「経営者の武士道」の卒業生からの投稿文

会社の伸びは先祖が私に残してくれたDNA

一期卒業　えぐっちゃん

ひでさんゼミ発足一年目に「私の履歴」を発表した際、全員からフィードバックをいただき、最後にひでさんからのフィードバックをいただきました。

「素直・明るい、勉強好き。伸びる人の三大要素を全部持っている」と。

自分自身、そんなことを思ったことも感じたこともなかったし、青経塾でも叱られることはあっても、褒められることはありませんでしたので、正直驚きました。

思えば、経営者になってからは、売上だけは伸び続け、それなりに結果を出していましたので、僅かながら自信のようなものは持っていました。しかし、その明確な理由が分からず、「なぜ伸びるのか?」の答え探しをする自分がいたのです。そんな時、いただいた言葉でした。

「素直・明るい、勉強好き」

考えてみれば、この三つは私の努力で掴んだものではなく、ご先祖さまからいただいたもの。つまり、私の会社の伸びは先祖がくれたということ。

あの時、ひでさんからいただいた言葉は、今でも自分自身の大きな自信となり、そして、先祖に対する感謝の気持ちを改めて持たせてくれました。

ずっと戦ってきたワタシ

一期卒業　カホリン

「カホリンはニコニコしているけれど戦っているね。業界なのか、社内なのか、全部なのかもしれないけれど、すごく戦っている感じ」

「私の履歴」でのひでさんからのフィードバックです。

男の子を追いかけ回すようなお転婆だった小学校時代、小六になって女子全員からの総スカン、中・高・大学と十年間苦手なはずの女子だけの学校に通い、社会人経験が浅いにもかかわらず、父が長年歩んできた業界での起業。勝ち気な性格のはずなのに自信が持てず、でも、それを悟られてはいけない環境の中に身を置くうちに、大人しいのか、賑やかなのか、朗らかなのか、キツイのか……本来の自分の姿がよく分からなくなっていました。

その時期の周囲からの私の印象は「優しそう」「ふんわりしている」というもの。一層自分のことが分からず、周囲を騙しているような気持ちになったり、人との距離感が掴めなかったり、なんとなくモヤモヤ、イライラしている時期だったのかもしれません。そんな時のひでさんからの言葉でしたので、衝撃が走りました。

どんな優しい言葉をかけられるよりもホッとしたと言うか、分かってもらえた安心感に包まれたと言うか、自分自身気づきもしなかった自分の姿に驚くと言うか……。

「そうか、戦ってきたからいろんなことが上手くいかなかったんだ」と気づきました。とは言え、未だに戦うことがあります。ただ、以前と違って、ファイティングポーズを取る自分に自ら気づくようになりました。そして、力の抜き方が分かったように思います。

以前と違って、今はふと目をやると、いくつもの笑顔が私の周りに咲いていることに気づきます。

「一緒に遊ぼっ」て言える勇気　愛情を受け取る勇気

三期卒業　のぼさん

ひでさんと初めて出会ったのはゼミに入る三年前、現役の講義でのことです。

その時のひでさんは、「エネルギーがあって、頭が良くて、空気を感じて場を創っていく凄い人」という印象と、少し近寄り難い人という印象でした。

そんな印象だったひでさんですが、ゼミに入り、悩む私にトコトン付き合ってくださいました。

普通の人だったら、「面倒な事言うな〜」って思うような話にも、ひでさんは、「のぼさん、ユニークだね〜、いいね〜」と、ありのままの私を受け入れ、まだ私自身が気づいていない私が出てこられるようにしていただきました。ひでさんとのコミュニケーションは、とても居心地の良い空間でした。

その空間で私は気づく事が出来ました。今までひでさんに限らず、人との壁を作っていたのは自分だったという事を。相手の愛情を受け取らず、相手に寂しい思いをさせていた事。本当は人と一緒に居たいのに、自分が傷つくのが怖くて人に近寄らなかった事。

私は、ひでさんから「一緒に遊ぼっ」と言える勇気を貰いました。そのおかげで私と私の周りには喜びが広がっています。両親、嫁、社員、友人とその輪が広がる毎に、ひでさんへの感謝が募ります。

唯一の武器であった「正義」を手放す事が出来た

三期卒業　むねりん

父親を早くに亡くし、女手一つの貧しい家庭で育てられた私は、「豊かさ＝強さ」だと自分でも気付かないうちに思い込んでしまっていた。だから、いつも無理をしてきた。「強さ」とは「弱音を吐かない事」と「無理をし続ける事」だと思っていた。

また、「強くなければ」という自分勝手な思い込みが対立を生み、相手を傷つけてきた事は、思い当たる節が十分すぎる程ある。

ひでさんからの「生まれた時の『おぎゃ～』の産声は何と言っているのか？』との問いに、「助けて～」と答えた自分がいた。この声こそが「正義」を振り回し「強さ」を装っているが、本当はそうでない自分の心の叫びであり、ひでさんゼミに助けを求めた理由がここにあるのだと悟った。

父親を知らずに育った私は、「正義」を頼りにし、「正義」を父親代わりにして生きてきたのだった。しかし、ひでさんのおかげで、子どものころから自分が頼りにしてきた唯一の武器であった「正義」を手放す事が出来た。そして、新たに自分の人生のモチーフである「人の輪」とその理念である「信頼」を受けとった。

これからは、今まで欲しくても欲しくない振りをし、欲しくても言い出せなかった「友情」を受け取り、上下関係や利害関係のない「対等」な人との関係を大切にして生きていきたいと思う。

三語がしっくりきた瞬間

五期卒業　たけちゃん

私の三語は、モチーフ「プロセス」、大切にするもの「寛大さ」、受け取るもの「感謝できる自分」。正直いただいた時は、しっくりこずモヤっとした感じでした。そして、ゼミ卒業後、自分の所属塾で運営副議長を務めることになりました。

我が塾は、この前年に大きな行事の主幹を務めていたため、その大役が終わり、皆のテンションが下がっている状態でのスタートでした。しかし、何とか有意義な研修がしたいと自分なりに皆を鼓舞したり、フォローしたり……。自分自身も本当は皆と同じで、塾活動に時間を使いたくない中で、皆のためにとがんばっているうちに、人のせいにしたくなる悪い癖が出て愚痴をこぼしたりしていました。自分が望むように動いてくれない皆に、そして、特に議長に苛立っていたのです。

しかし、「今回はとにかく議長を支える」と決めていたので、自分のやり方を一旦脇に置き、できる限り大きく広い心を持ち、議長の方針で一年間やり遂げました。

最後の挨拶の時、なぜか自然と皆への感謝の気持ちが湧いてきて、「役をやらせていただき、有難うございます」という言葉が出てきました。その時、「これは確かに私の三語だ」と実感することができたのです。まさに、「寛大さ」を大切に「プロセス」を生きたから、「感謝できる自分」が受け取れたのです。恐らく、ゼミを卒業していなければ、こんな気持ちは湧いてこなかったでしょう。

一度実感できると不思議なものです。今も、時々ですが「感謝できる自分」を感じることができ、幸せな気持ちになっています。

ひでさんに認められ、自分を認められるように

五期卒業　はとちゃん

ひでさんに初めてお会いしたのは、八年前の青経塾現役二年目の講義の時でした。私は、ひでさんを駐車場から講義会場まで案内をする先導という役でした。当時のひでさんは統括会議議長であり、弊塾の塾長・副塾長も、かなりひでさんに気を遣われていて、「くれぐれも失礼のないように……」との事でした。

しかし、ひでさんは、時々、私の先導に従わず、笑いながらわざとまったく違った道に進んでいこうとします。その度に、ひでさんは、慌てる私を見て、笑っていました。私は本当に困りましたが、他に優秀な塾生がいるのに、形はどうあれ、ひでさんが私に目を向けていただいたことに、少し驚きと喜びを感じていました。

その数年後、偶然ひでさんと鉢合わせする機会が二度ほどあったのですが、その度に、

ひでさんには、「はと？　さんだよね？」とお声を掛けていただき、「よく覚えていてくれるよな。なんという頭の良い人だ！」と思いました。

その後、知人より、「ひでさんゼミに入ったら？」と誘われ、自分は人前でうまく話せないし、優秀な塾生でもないし、という思いはありましたが、過去の出来事を思い出し、入ゼミさせていただきました。

ゼミに入らせていただき、ひでさんから感じる事は、「認めてくださる」という事です。人前でうまく話せない、悪いところも多々ある私を、ひでさんは「それが、はとちゃん」と認めてくださったのです。尊敬する方に認めていただく事、これは、自分にとって凄いことで、ひでさんのおかげで私は自分で自分を認められるようになりました。

自分を認める事は、相手を認める事。家族・パートさんに向ける言葉が違ってきます。相手に対する言葉の掛け方が違ってきます。少し違えば、毎日違うので、それは大きな違いになります。

思えば、初めてお会いしてから、ひでさんは一貫していました。それは「自分も人も、そのままの存在を認める」ということです。私は、ひでさんから「認める」ことの大切さを教えていただきました。

天の声　母の言葉

五期卒業　ふるさん

ひでさんとの面談の際に「両親とのことで、何か消化しきれていないことがあるかも。直感だけど」と言われました。確かに両親とは過去にいろいろとあり、思うこともありましたが、自分の中ではすでに消化し、解決済み案件として処理していましたので、「特に問題ないんだけどな～」と思っていました。

しかし、メールのやり取りが進むと、やはり両親の話が出てきました。「そこ問題じゃないんだけどなぁ」と思いつつ、質問に一つ一つ答えていくと、今まで忘れていたこと、両親に対して思っていたこと、そして、自分では気づいていなかった感情を目の当たりにすることになりました。

「え！　俺そう思ってたの？」の連続です。そして、ひでさんが私に質問します。

「火葬場で、お母さんの火葬の点火スイッチを押すお父さんの気持ちはどうだったかな？想像してごらん」

私は、ここで衝撃の母の言葉（天の声）を聞くことができ、その瞬間、抑えていたいろんな感情が溢れてきて、パソコンの前で大泣きしました。

結局、面談の時に、ひでさんが直感で感じられていたことが、私の中にあったのです。

ひでさんの鋭い直感と、様々な角度から飛んでくる質問に、何度も何度も心を揺さぶられた私は、自分とつながることで救われました。

たかが言葉、されど言葉　人生のどストライクを受け取る

五期卒業　のぶりん

ひでさんゼミの卒業寸前にいただく三語（人生のモチーフ・大切にするもの・受け取るもの）について、ひでさんから、「たかが言葉、されど言葉」と教えていただきました。私たちがいただいた三語は、部外者から見れば、まさに「たかが言葉」ですが、いただいた当人からすると「されど言葉」であり、人生の指針となる深く重い言葉だと思います。それくらい、三語は心の「どストライク」に来る言葉なのです。

その「たかが言葉、されど言葉」をつむぎだしていただくのに、どれだけの労力と情熱を込められているのかにも驚きました。その人の「どストライク」に来る言葉のために、最低でも五周は考えをめぐらされる。御本人曰く、「本物に合えるまで百周でも回る」。そして、少しでも違和感があると、それまでの言葉を撤回され、新しい言葉をくださる。

その逡巡は天と交流され、天よりひでさんに言葉が降りてくるかのように感じた。

ゼミを通して父を感じた

六期卒業　たまちゃん

ゼミに入る前の自分は、自分勝手な思い込みにより、幼い頃から、甘えず、頼らず、強い自分で在りたいために虚勢を張ってきました。辛いことがあってもそれを強引にプラスにとらえて、自己処理をし続け、弱い自分を見透かされないよう、無理をして、あたかも前向きに見えるだろう道を選んできました。

そんな時、ひでさんと出会い、「がんばり過ぎずにがんばりな」と言われました。弱さを隠し、無理をし、甘えられずに進み続けることに苦しくなっていた自分を見透かされたようなその一言は、スッと心の中に入り、とても心地よい言葉となりました。その一言から、「本来の自分とは何なのか？　本当はどうしたいのか？　どう生きたいのか？」と内観する日々が続いたのです。

考え続ける中で、過去の様々な出来事が今とつながり、自分の本心に気付きました。家族を大切にしてきた亡き父から受けた愛情はとても深く、父の生き様をひでさんゼミを通して感じることができました。

私は今まで人から「優しさ」を受け取り、「優しさ」を与えてきたのだと思います。神様が、自分に様々な試練を課してくれたのも、人に愛され助けられ、活かされるという実感を与えるためだったのです。そう考えると、今までの私の人生は、何一つ無駄のない経験と時間でした。

私の三語は、「母性」「ひるまない」「優しさ」です。この三語を大切にし、父が与えてくれた「優しさ」を、今度は自分が周りの人や子どもたちに与えていきます。

何かを犠牲にしなくても両方手に入る

六期卒業　とよ

ひでさんゼミに入る前は、何かを犠牲にしないと何かを得られないと思っていました。ですから、バリバリと仕事をしたい気持ちを抑えて、「家族優先で家族と向き合おう」「十年後からしっかり仕事をすれば良い」と思っていました。

「とよが、心からそう思うならそれでいい」とひでさん。さらに、「でも、何かひっかかるんだよね。ほんとに、それでスッキリしてる？」と。その言葉のおかげで、本心ではスッキリしていない自分に気づきました。本当は、家族も幸せにしたいし、仕事もバリバリしたかったのです。

そこに気づいた私に、ひでさんは、「両方すればいい。とよなら、絶対両方手に入る。バリバリ仕事をするとよを、奥さんも、お子さんも見ていたんだよ。だから、絶対にとよを支えてくれる」と仰ってくださいました。僕は、「それでいいんだ」と思って、心が溶ける思いでした。そして、道がひらけました。

その後、ひでさんから、「『視野を広げる』ことを大切にしていこう。そうすれば、となりの『理念』が受け取れる」と仰っていただき、私は自分とつながり、目の前が明るくなりました。

今、私はひでさんにいただいた言葉を胸に、人生本番のステージに向かって一つ一つ階段を登っています。

その二　ひでさんゼミナール「幹部のための武士道」の卒業生からの投稿文

奥底に眠っているものとの出合い

一期卒業　うめちゃん

ひでさんとのやりとりで驚かされたのは、こんなに「考える」という事を、今までの人生でやったことはないのではと思えるほど、とにかく考えさせられた事です。

ひでさんは、決して答えを出さず、ただただ質問を投げかけますので、知らず知らずのうちに、深く考える思考力が鍛えられ、気づかされることの連続でした。

こんな経験は、初めての事でしたので、この思考のプロセスに衝撃を受けました。よくある自己啓発セミナーとは全く別物で、この世に同じものは二つと無いのではと思います。知識の詰め込みではなく、ただ自分の奥底に眠っているものを探し出し、それを認めたり、許したり、受け入れたりする講義は、まったく初めての経験でした。

ひでさんからいただいた言葉の中では、「自分が思っているほど、言動が一致していない場合がある」こと、「長所・短所は表裏の関係だから、短所が出ているなと気付ければそれで良いんだ」という言葉が、自分にとっては大きな気づきとなり、心に刻んでいる言葉です。

「なぜこんなに私たちのことを手に取るように分かってしまうのだろうか」

ピンポイントで的を捉えてくるひでさんの凄さは、心を読み取れる能力があるようで、皆が驚かされ、「なるほどな」と感心させられることばかりでした。

今でもひでさんからいただいた言葉を忘れないように意識をしながら、がんばっております。

「ありがとう」で生きる

一期卒業　おがちゃん

私は、数多くの幹部研修や自己啓発セミナーを受講してきました。しかし、ひでさんの武士道ゼミは、数ある研修の中でも、特に私の人生で大切な財産となっています。

亡くなった元彼女に対するエピソードを聞いてもらった際に、ひでさんからいただいた言葉があります。

「『今までゴメンね』ではなく、『今までありがとう。君のおかげで少しは自分に厳しくなれたよ』と思うといいよ」

今まで罪悪感を抱え、生きていた私でしたが、この言葉のおかげで、ずっと握りしめていた心の重りが溶けていくのを感じました。

「ゴメンね」は、彼女も私も幸せになれる言葉ではありませんでした。相手にお詫びをする気持ちは大切かも知れませんが、この言葉は自分を許さないことで、気持ちに蓋をして、見たくないものを見ないようにしてしまい、結局自分自身を犠牲にしていたのだと気が付きました。

一方、「ありがとう」は、相手も生かして、自身も生かすことができます。自分自身を本気で生かせば、周囲も生かすことができます。素敵な言葉をありがとうございました。

学び、気づき、受け取り、「本当の自分」に出会えた

一期卒業　しょーちゃん

「忠義」の講義の時でした。

武士は間違った指示をされた時でも、君主の言いなりになるというイメージを持っていました。しかし、そうではなく、「家臣の取るべき忠誠の道は、あくまで主君の言うところが非であることを説くこと」、さらに「そのことが容れられない時は、自己の血をもって自分の言説が、誠であることを示すこと」だと学びました。

現代では「上司の指示でやりました」と言う言葉で、間違った判断をしても、反省出来ない人がたくさん居ると思いますが、「大義」に悖《もと》る事には、勇気をもって発言をすることが大切だと気付きました。

また、今までの考え方を改めるきっかけになった言葉もあります。

私は、会議の場などで自分の意見を発言しない人や、自分を表現しない人に対して、苛立ちを抑えられませんでした。理解することが出来ず、苦手に思っていました。そのことをひでさんに話すとこんな言葉が返ってきたのです。

「何も言わないという表現をしているんじゃない？」

このひでさんの言葉に、「なるほど。表現の一つなんだ」と受け取ることができたとき、苛立つ気持ちがスッと消えていきました。

考え方を変えるだけで、納得することが出来、自分の考え方だけが正解ではないことに気づくことができました。

また、ゼミでは自分の行動指針が見つかりました。「誠」や「名誉」の講義から、「動機」の大切さを学んだからです。それからは、「動機が不純ではないだろうか？」と考え、行動するようになりました。

ひでさんとゼミ仲間のおかげで、自分の人生を見つめ直し、自分の心の奥深くまで向き合うことができました。おかげ様で、「本当の自分」に出会えた時の感動は、今でも忘れられません。

自分の力では、どれだけ努力してもたどり着くことは不可能だったと思います。素晴らしい時間、素晴らしい経験、幹武士ゼミナールは最高です。

欲しいものを手放すとその欲しかったものが手に入る

一期卒業　たつさん

一回目のオリエンテーションでの考察、「あなたにとっての武士道とは?」。この回答をメーリングにあげた時のことです。

全員が初めての試みです。参加しておられる方がどのような人たちなのかも、まだ分かりません。この環境の中で、私が考えた回答は、アニメの『ワンピース』のエピソードを引用したものでした。

いざ、メーリングに上げる段階になって、躊躇しました。なぜなら、ゼミ参加者の中で最年長だったから。そして、緊張感のあるゼミにそぐわないのではないかと考えてしまったから。

そこで、姑息な手段と思いつつも、メーリングにあげる前に、直接、ひでさんに相談のメールをしてみました。「こんなのメーリングにあげちゃっていいんでしょうか?」と。

するとと、ひでさんからの返信が届きました。

「素晴らしい！　内容もさることながら周囲の状況も考慮されての直メール、さすが年の功ですね。でも、このような気遣いはいりませんよ。誰もが五里霧中でのスタートです。たつさんのような年長者が、先人をきって行動していただければ、他の人も安心します。ゼミの活性化にもつながります。かっこいいですよ！」

単純に褒められ、認められたことが、とてもうれしかったです。その時、自分は、承認欲求が強いと気づかされました。そして、この事がゼミへの取り組みのモチベーションアップにつながったことは間違いありません。

さらに、本当の気づきは卒業時にありました。

承認欲求は度を越えると、色々な弊害もあります。大切なことは、自分の信念に基づいた行動をすること。本心から楽しむこと。

その結果、本当に欲しかった承認が得られることに気づきました。承認ありきで行動するのでなく、純粋に行動し、結果は「委ねる」こと。人の受け取り方は千差万別なので、リアクションに一喜一憂しないこと。そうすれば、ひでさんが仰った「かっこいい人」になれるのだと思います。

承認を手放せば、結果的に承認が、カッコ良さを手放せば、カッコ良さが手に入るのだと気付きました。

呪縛からの解放　素直に「受け取る」

二期卒業　ぐっさん

「幹部のための武士道」ゼミナールを卒業して、忘れられないひでさんとのやりとりを振り返ってみました。

たくさんありますが、この言葉で私は自分を認める事ができ、過去の呪縛から解き放たれ、前に一歩踏み出すことができました。

「ぐっさんの人生に何も間違いはなかった。何の罪もない。全面的に認めていい」

感情が溢れだし、何かが弾けました。

両親の離婚に伴い、母に育ててもらった。それなりに貧しかった。だから、なるべく早く、いっぱいお金を稼ぎたかった。そのためには、どんな事でも我慢をする覚悟をした。ひょうきんを装い、強くみせた。やせ我慢して犠牲を払い、受け取ることを頑なに拒んできた。感情を押し殺してきたから、感謝をすることも、感謝されることも、置き去りにして生きてきたのだ。

それが、ひでさんと仲間たちのおかげで、今では素直に「受け取る」ことができるようになり、孤独ではなくなりました。

おかげ様で、私は今、人の「優しさ」を受け取りながら生きています。

自分が変われば、周りが変わる

二期卒業　おだくん

ひでさんとのやり取りで思い出すのは、「誠」の考察です。

ひでさんから「『誠』の再考察に取り組んでみて」と言われた。しかも、対象を「父」にして……。講義中にも「そこはおとうさんでしょ！」と言われ、衝撃を受けました。

「なぜ、分かっちゃうの？」という感じでした。

言われるとおり再考察をし、父に電話、お礼を言うつもりが先に言われ、とても清々しい気持ちになりました。

そして、直後、突然の祖母の死。

祖母に導かれるように実家に帰りました。そして、そこにいたのは、大きく立ちはだかる壁のような父ではなく、優しく、穏やかな、大好きな父でした。

家族と一緒に居る空間も、何とも心地よく、とても良い時間を過ごせました。

僕が本当に欲しかったもの（ゼミで言う「受け取るもの」）がそこにありました。何かをコントロールした訳ではなく、求めたわけでもなく、本当に欲しかったものが手に入ったのです。

自分が変われば、周りが変わる。変わったのは自分の心の置き所だけ。とても良い経験をしました。

父も亡くなった今、あの時、本当の父と子の関係に戻れて良かったと、感謝しています。

父に勇気を出して、「誠」を尽くして良かったと。

手放し、受け取る「本来の自分」

三期卒業　しんさん

今思えば、「幹部のための武士道ゼミナール」と出合うまでの人生は、「知りたい」「分かりたい」「手に入れたい」「もっと欲しい」の連続でした。

母親の最期の言葉、「何のための人生だったのだろう」という言葉に対して、答えが見つからなかった自分。交通事故で亡くした交際相手のご両親から「この子の分まで一生懸命生きてください」という言葉を胸に、がむしゃらに生きて、色々なものを手に入れてきました。

しかし、たくさんのものを手に入れても、心が満たされることはありませんでした。

そして、そんな生き方に薄々疑問を感じながらも、手放せない何かを頑なに守ろうとする自分に、ひでさんは何か月も寄り添ってくれました。

ゼミを通じて、数えきれないほどのやりとりをさせていただく中で、ひでさんから、

「しんさんのお父さんを支えているもの、それは、しんさんでしょ」という言葉をいただきました。

その瞬間、「人は、こんなに涙が流れるのか」と驚くくらい、とめどなく涙が流れ出しました。

そして、流れる涙と一緒に、自分が手放せなかったものが、すっと消えていく感覚とともに、目の前の霧や靄が晴れていき、忘れてしまっていた「本来の自分」がはっきり見えました。嫌悪や憎しみの感情が、あたたかい愛情に包まれていきました。

「幹武士ゼミ」で勉強をさせていただいている間、色々と不思議なことが起きたのですが、この不思議な感覚、体験のすべてが、忘れられないひでさんとのやり取りです。

動機を整える

三期卒業　まっちん

印象に残っていることは、自分の「不安の正体」を出していただいたことです。

私は、目に見えない罪悪感を持ち、「いつか罰が当たる」のではないかと、いつも不安を感じて生きてきました。そして、自立、自責の気持ちで生きないと「罰が当たる」と思い込み、仕事に没頭し、上司や部下を信じず、人に頼らず、自分一人で生きてきました。

つまり、仕事は人一倍がんばってきたのですが、その「動機」が良くなかったことに気づかされたのです。社会のため、人のためにがんばってきたのではなかった。自分の不安を払拭するためにがんばってきた。

そんな見たくないものに蓋をし続けて、生きてきたことに気付き、それが本当につらく、素直に認めることができなかった。

そんな時、ひでさんとの最後のグループミーティングで、「まっちんは、『動機』がしっかり整えば『安心』が受け取れるよ」と言われ、その瞬間、涙が溢れ出しました。

今も、「安心」を掴めているかどうかは分かりません。しかし、都度、自分の「動機」を整えることで、不安な人生ではなくなっている気がしています。

これが「幹武士ゼミ」で、私が得た最大の学びだと思っています。

「運命」のロングメール

三期卒業　ゆかちゃん

卒業が迫った八か月目、ひでさんから三千文字以上のロングメールが届いた。

卒業した今、ひでさんがこのメールを送ってくださった瞬間、送信ボタンを押してくださった重みを、とても強く感じています。

こころの中で、薄々気づき始めていた私の「被害者意識・特別感」は、すべて自らが招き、引き寄せ、創り上げていたことに気づかせてくれたメールでした。

このひでさんからの衝撃メールの翌日には、「心理学」の講義を受けることが決まっていました。奇跡のようなタイミングでしたが、これも必然だったと今では思えます。ひでさんのメールと心理学での学びが繋がり、私は過去を受け入れ、そして過去への執着を手放すことができました。

まさに、「運命」のロングメールです。

そして、その直後、音信不通だった父の死の知らせが届きました。ゼミに参加していなければ、受けとめることができないことが続けて起きていたのです。

そして、ひでさんが、父からの最後のメッセージを届けてくれました。

「ゆかが幸せだと心から思える人生を歩んでいきなさい」

空白だった父との十年が、この言葉で埋まったような気がしました。

卒業して約半年、周りから「変わった」と声をかけてもらえるようになりました。

ひでさん曰く、「変わったんじゃない。本来のゆかちゃんを取り戻したんだよ」と。

本番のステージは始まったばかり。これからもたくさん背中を押してくれた同期のメンバーと共に、それぞれの舞台でいただいた三語を胸に邁進します。

天に預け、天とつながる

三期卒業　まっちゃん

「まっちゃん、許しなよ。神様を。天を」

自分ではどうしようもできない不運な出来事に、心のどこかで神様を恨んでいた私に、ひでさんが投げ掛けてくれた言葉です。

すうーっと胸のつかえがとれて、涙が溢れてきました。

私が恐れていたのは、娘の記憶が消える事だった。時が経てば薄れると思い、それが怖かった。だから、「悲しむこと」で記憶をつなぎとめていた。

でも、私を悲しませるために娘は生まれてきたのではない。この時、「娘の生きた証を悲しみに換えるのはもうやめよう」、そう思えるようになった。

「私は、神様に祈る事によって、自分を見つめ直す。立て直す。作り直す。そういう意味でよく頼らせていただいています。そして、天に預けます。動機を整えて、出来る事はすべてやったと思えたら、天とつながります。そうすると、その結果を『天命』として受け取れます。天からいただいた結果ですから、受け取れるんだよ。素直に」

「まっちゃん、娘さんの生きた証を悲しみから『誇り』に換えよう。命の尊厳、輝きを教えてくれた娘さんを誇りに思おうよ」

このひでさんからのメールで心が自由になりました。
私は、娘の大好きだった言葉、「ありがとう」が溢れる社会を作っていきます。

物事の見方、感じ方を変えてみる

四期卒業　ジミー

転職して三年、仕事でも家庭でもたくさんの問題が発生し、一人で悪戦苦闘しながら毎日を過ごしていた時、社長から「幹部のための武士道ゼミ」を紹介していただき、ひでさんと出会いました。

武士道の講義、グループ討議、卒業作文と各ステップを通じて大切なことを学びました。果樹園農家の長男として生まれ、家業を手伝いながら、大学に進学。卒業の際、家業を継ぐか、安定したサラリーマンになるか悩み、最終的には、サラリーマンを選択し、思わぬ大会社に就職。順調に出世し、入社して三十年が経過したとき、おふくろが二度の大手術。介護が必要になりました。そのとき、会社から海外事業所に出向の打診があり、嫁と親と相談。結果、出向を断り、会社を退社することになりました。

その頃から、「なんで俺ばかりに問題がおきるのか」「なぜ苦労してきたおふくろが病気になるんだ。おふくろが可哀そうだ」と、被害者意識が強くなっていきました。生活は不安定になり、再就職、また一からの出直しとなり、モチベーションは下がる一方でした。

しかし、ゼミで学んでいくうちに、自分が間違った感じ方をしていることに気づくことができました。

自分の生まれてきた時の声、「おぎゃー」を言葉にしてみると、「俺は長男だ。跡継ぎだ」と言っていることに気づきました。この言葉は、おふくろの病気とつながっていたのです。おふくろは、「生活が安定しているサラリーマンになり、もう十分がんばったから、そろそろ会社を辞めて、自分がやりたい果樹園を継ぎなさい」と、病気になり、命を削って私に無言のメッセージをくれていたのです。

そして、今まで会社が忙しく、なかなか親子として話す時間もなかったが、会社を変わることによって、おふくろと会話する時間ができ、休日には果樹園の仕事もし、少し親孝行する機会を与えてくれたのです。

同じ出来事でも、少し見方を変えるだけで、こんなに捉え方が変わってくる。そんなことを体感させていただきました。これからは、結果の良し悪しにとらわれず、それまでの過程、物事の見方、感じ方の角度を少し変えて生きていこうと思います。感謝感謝です。

「我ん張って」きた私

四期卒業　わかちゃん

「わかちゃんの『がんばる』は『我ん張る』と書くのかもしれない」

このひでさんの一言は、私に強い衝撃を与えました。表現できない感情が溢れ、涙が出ました。そして徐々に、その言葉によって分かってきたことがあります。

これまで、私はがんばって、がんばって、がんばり過ぎて、その本質がいつの間にかズレてしまっていました。そして、数々の苦しみを自分で引き寄せていたのです。純粋だったがんばりは、「我を張る」ことで、自分も人も傷つけていたことに気付くことが出来ました。

たった一文字の、漢字を変えただけ。でも、意味は随分違う。私たちは知らず知らずのうちに、ボタンを掛け違え、本質を見失ってしまうことがある。いつの間にか自分で作ってしまっていた悪い癖。元々の動機は純粋だったからこそ、自分では気づくことの出来ない悪癖。

ひでさんは、それを、豊かな表現力で教えてくれます。最初は違和感があり、どう受け止めて良いのか分かりませんでした。しかし、ひでさんはゆっくりゆっくり寄り添うことで、その本質を胸の奥深くで受け止めるサポートをしてくれました。

心からそれがしっかり理解できた時、これまで自分の身に起きてきたことを振り返り、理解し、受け入れることが出来たように思います。

その三　ひでさんゼミナール「経営者のための武士道」の卒業生からの投稿文

視点を変える

一期卒業　あゆちぃ

私がひでさんと初めて懇親会でお話しさせてもらった時のことです。理事長である兄と意思疎通がうまくいかず、喧嘩ばかりの日々を送っていること、いくら話しても分かり合えず、ほぼ諦めていることをひでさんに伝えました。

その時、ひでさんは、「どんな頭の固い人でも、必ずその人の心に入る隙間はある」と、合わせた手のひらに少しだけ隙間を作って、おっしゃいました。であれば、その隙間にぜひとも入っていきたいと、希望が見えてきたのです。

今、思えば自分自身も隙間を狭めていて、兄が入ってこられないようにしていたと思います。あの言葉は、これから始まるゼミを受け入れる心構えを、私に作ってくれました。

そして、卒業寸前、ひでさんからいただいた三語の中の一つが「視点を変える」という言葉。ゼミが始まったばかりの頃、話してくれた「隙間」の話は、ここにつながるのだと気付きました。つまり、「視点を変える」ことで「隙間」が見えてくるのだということです。視点を変えてもうまくいかない時もあります。でも、そんな時も、諦めずに、さらに視点を変えて、考え、話してみる。そうすることで、理解することができます。

人を恨んだり憎んだりすることは、簡単なようで、実は苦しくもあり、辛いことでもあります。「視点を変える」ことでそんなことにも気づけました。自分の凝り固まった考えを払拭し、新しい自分に出会えたのです。

おかげ様で、以前のようなストレスがほとんどなく、日々過ごさせていただいております。

経営者として、父として　決めつけないこと

一期卒業　すずたか

青経塾で、「決めること」の重要性を学び、教え込まれ、染みついていた。継承者についても、「後継は社員から」と決めていた。

私は、サラリーマンの家庭に生まれ育ったが、今の会社の先代の娘を嫁にもらったため、〝ますおさん〟と同様な環境におかれ、会社も引き継ぐことになった。

同業の後継者のほとんどが放漫経営をしており、社員を道具のように使い、会社の資金

を私的に流用し、潰していった様を目の当たりにしていた。私が息子に継がせず、プロパーの社員から後継者を出すと決めていた理由は、ここにあり、社員たちに適性があるか否かは関係なかった。

そんな中、ゼミのメールのやり取りで、ひでさんから息子の性格を聞かれた。「真面目、素直、やさしい……」と書いて送信、するとひでさんからこんな返信が来た。

「それって、誰かに似ていないですか？」

ハッと気が付いた。私が「だめだ」と決めつけていただけで、息子は後継者としてかなりの適任者なのである。

「自分の息子を信じられない社長が、どうして、社員を信じ、社長として育てられるのか」

そんな当たり前のことに気づき、愕然とした。

今は、まず息子と正面から向き合うことから始めている。

「許し」から「感謝」へ

一期卒業　いがちゃん

経武士一期の紅一点、あゆちぃ。彼女の「私の履歴」を聞き、衝撃を受けた。「小さい頃から我慢をして、父親と戦い、よく生きてこられたな」と。そして、ひでさんゼミで、こうして机を並べて学べることに、心より感謝していた。

「あゆちぃが幸せになるためには、父親との関係を修復することが絶対条件だ」と思ったが、父親はすでに亡き人であり、修復をすることはもう無理であり、あゆちぃが許すことは難しいと私は思っていた。

卒業まで、あと三か月と迫った頃だった。講義後の懇親会にて、あゆちぃが父親を許そうとしている姿に、一期のゼミ生皆が安堵し始めていた。その時、あゆちぃが流した涙に嘘はないとゼミ生全員が思っていたのだ。ひでさんを除いては。

その後のメーリングリストには、あゆちぃが父親を許そうという内容のなかなかの良き論文が上がっていた。しかし、なぜかひでさんは、あゆちぃを厳しく追及し続けた。恐らく、そのやり取りの前後が分からない人が見たら、まるで〝いじめ〟にも感じられる程のひでさんの執拗なアプローチ。そんなやり取りの末に、あゆちぃ自身も自分の本音に気づく時が来た。

「母親だけでなく、父親からも愛されていた。私は、両親からの愛情をたくさんもらって育ってきた」と。

「ひどい父親」を「愛してくれた父親」にし、父親を「許す」から、「感謝」するに置き換えることができたのだ。まさに、青天の霹靂。

ひでさんの奥深い洞察力、人間力を感じたやり取りだった。

おわりに

「幸せになりたい」

ずっと、そう思って生きてきました。しかし、そう思うのは私だけではなくすべての人が同じだと思います。

言い方を換えれば、人生の目的は幸せになること。

では、幸せになるためにはどう生きたらいいのでしょう?

長所で生きることだと思います。長所で人の役に立つこと。

そして、短所をなるべく出さないようにすること。短所で長所が見えなくならないように。

その「生き方」が本書でご紹介した「武士道ゼミ」で見つかります。

ここで真摯に取り組んでいただければ、必ず幸せへの道は開けます。

ぜひ、自分の「生き方」を見つけて、一人でも多くの方に幸せになっていただきたいと思います。

それが、本書を書いたひでさんの想いです。

最後に、この場を借りて、本書の執筆を決意させてくれた税理士法人ベストフレンドの長尾所長に心から感謝を申し上げます。

また、二章のインタビュー形式を提案し、その役を買ってくれたカホリン（青経塾ゼミ一期生）、三章の投稿文章を取りまとめてくれたせまぽん（青経塾ゼミ三期生）、このお二方には一方ならぬお骨折りをいただきました。この場を借りて、心より感謝を申し上げます。

「ひでさん」こと、築城秀和

著者プロフィール

築城 秀和（ついき ひでかず）

1961年２月、毛織物業を営む会社の跡継ぎとして愛知県一宮市に生まれる。大学卒業後、玩具問屋にて３年半の修行。その後、毛織物業から五月人形製造業に転換していた父の経営する会社に入社。直後、母他界。その１年半後、父他界。27歳で急遽社長に就任。42歳より多角化を目指し、飲食業、美容業を手掛け、2018年、57歳で引退。その間、青年経営者研修塾を中心に300回以上の講義、講演を担当。

現在は、「人生コーチ」として、「武士道ゼミ」を中心に、社員研修、経営セミナー、コーチングを通して多くの人に寄り添っている。

本当の「自分」を生きる ―人生本番のステージへ―

2023年９月15日　初版第１刷発行

著　者　築城 秀和
発行者　瓜谷 綱延
発行所　株式会社文芸社
〒160-0022　東京都新宿区新宿1－10－1
電話　03-5369-3060（代表）
03-5369-2299（販売）

印刷所　株式会社エーヴィスシステムズ

ISBN978-4-286-24489-1